リロイ
ミモザ
ブリッツ
ティティア
タルト

シャロン
ココア
ケント

「お、お師匠さま……」
「……大丈夫、って……言えたらよかったんだけどね……」
私たちは全員で固まりつつも、
無意識に一歩下がった。

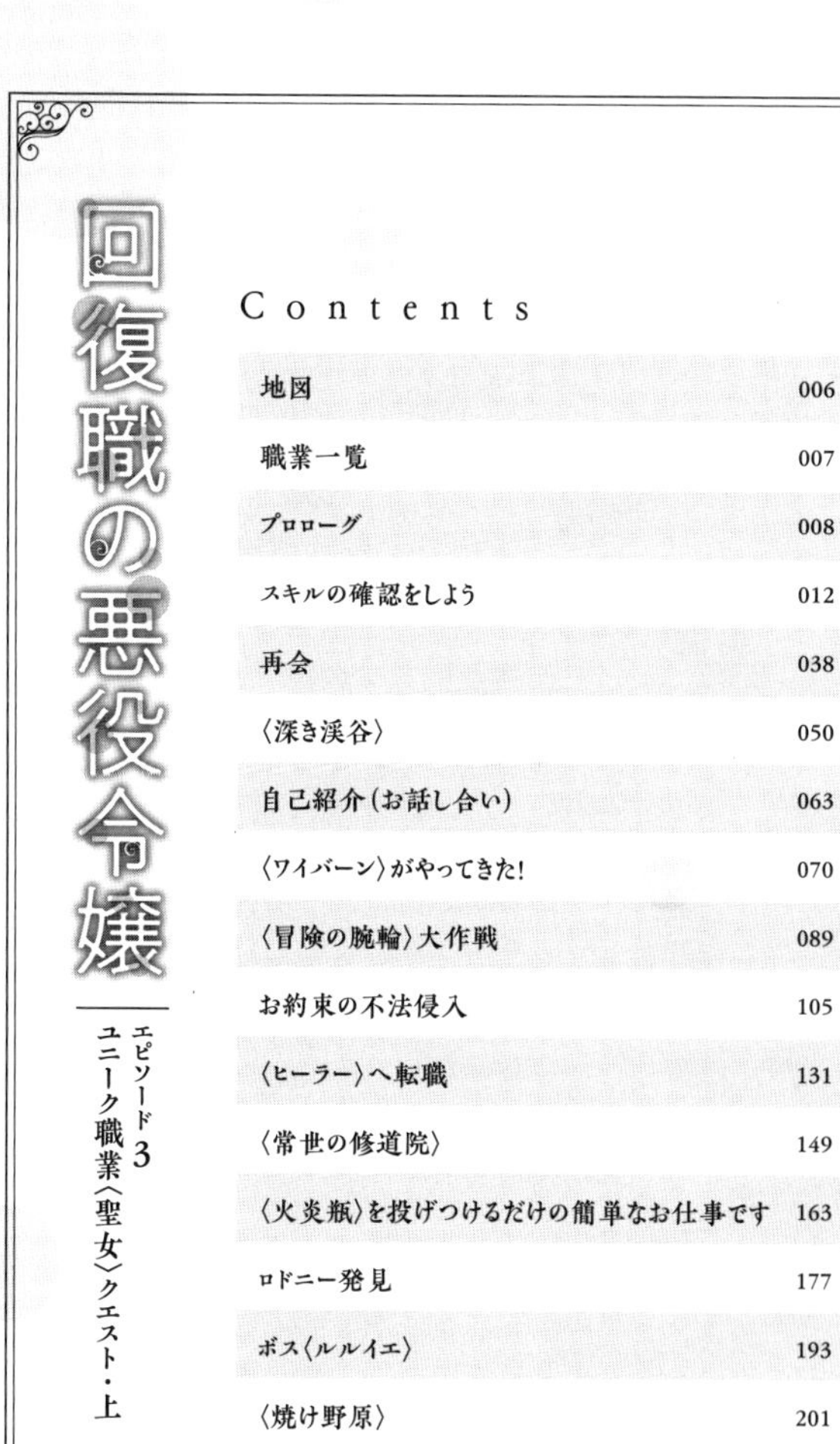

回復職の悪役令嬢

エピソード3 ユニーク職業〈聖女〉クエスト・上

ぷにちゃん
Punichan

Contents

地図 006
職業一覧 007
プロローグ 008
スキルの確認をしよう 012
再会 038
〈深き渓谷〉 050
自己紹介(お話し合い) 063
〈ワイバーン〉がやってきた! 070
〈冒険の腕輪〉大作戦 089
お約束の不法侵入 105
〈ヒーラー〉へ転職 131
〈常世の修道院〉 149
〈火炎瓶〉を投げつけるだけの簡単なお仕事です 163
ロドニー発見 177
ボス〈ルルイエ〉 193
〈焼け野原〉 201
エピローグ 218
番外編 二人で憧れの〈二次職〉へ! ケント 226

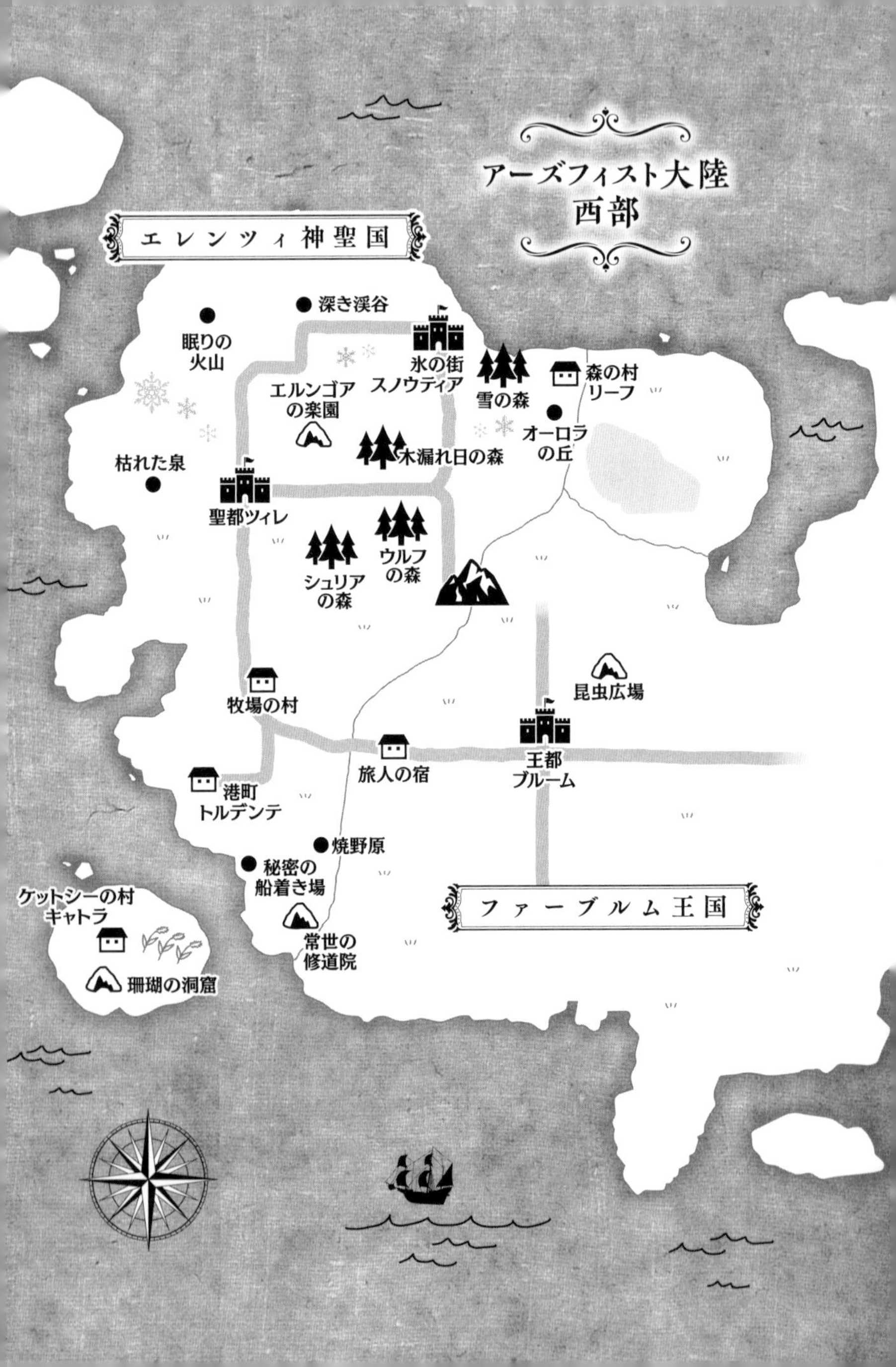

アーズフィスト大陸
西部
エレンツィ神聖国
深き渓谷
眠りの
火山
氷の街
スノウティア
雪の森
森の村
リーフ
エルンゴア
の楽園
オーロラ
の丘
木漏れ日の森
枯れた泉
聖都ツィレ
ウルフ
の森
シュリア
の森
昆虫広場
牧場の村
王都
ブルーム
旅人の宿
港町
トルデンテ
焼野原
秘密の
船着き場
ケットシーの村
キャトラ
常世の
修道院
珊瑚の洞窟
ファーブルム王国

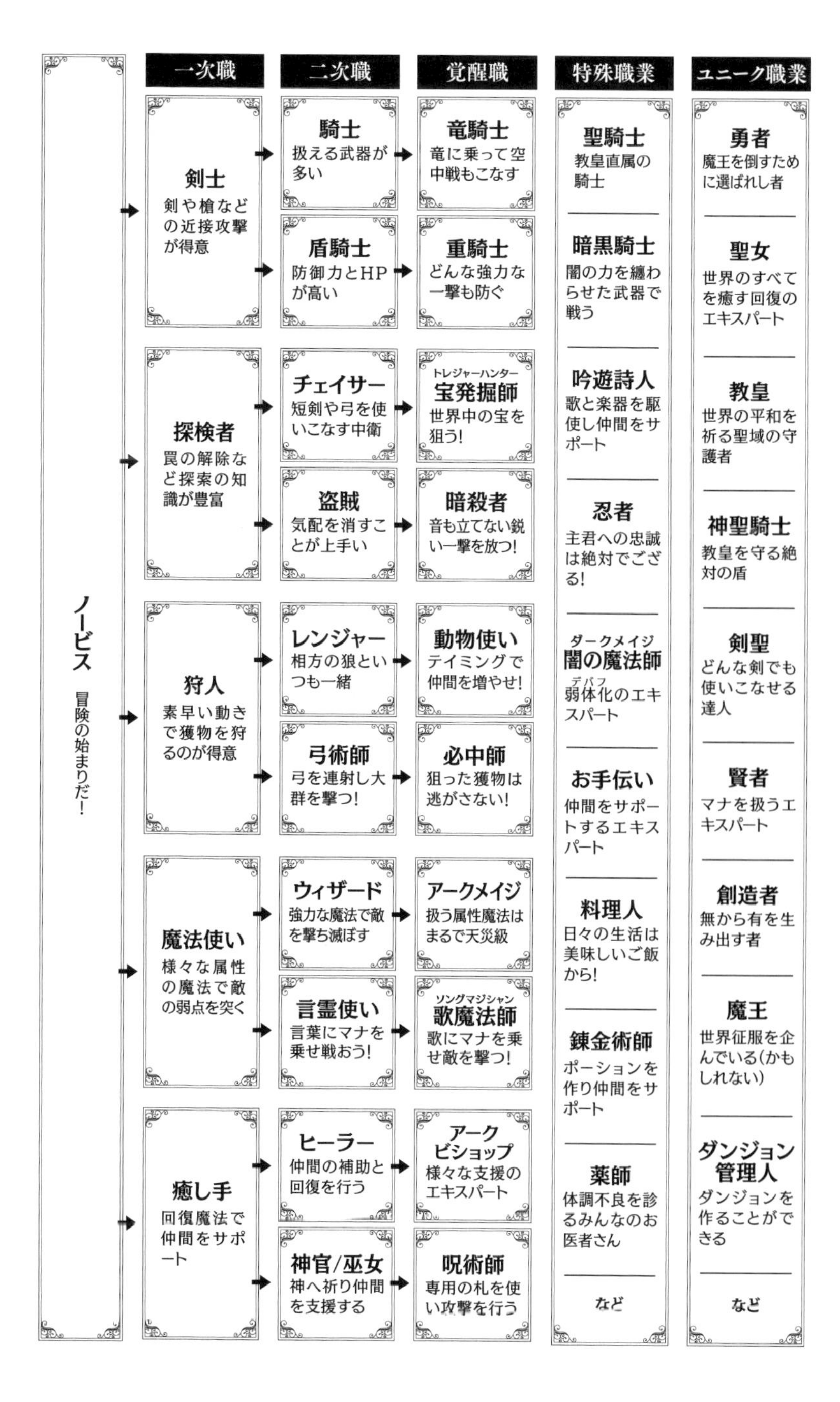

ノービス
冒険の始まりだ!
一次職
二次職
覚醒職
特殊職業
ユニーク職業
剣士
剣や槍などの近接攻撃が得意
騎士
扱える武器が多い
竜騎士
竜に乗って空中戦もこなす
盾騎士
防御力とHPが高い
重騎士
どんな強力な一撃も防ぐ
探検者
罠の解除など探索の知識が豊富
チェイサー
短剣や弓を使いこなす中衛
トレジャーハンター
宝発掘師
世界中の宝を狙う!
盗賊
気配を消すことが上手い
暗殺者
音も立てない鋭い一撃を放つ!
狩人
素早い動きで獲物を狩るのが得意
レンジャー
相方の狼といつも一緒
動物使い
テイミングで仲間を増やせ!
弓術師
弓を連射し大群を撃つ!
必中師
狙った獲物は逃がさない!
魔法使い
様々な属性の魔法で敵の弱点を突く
ウィザード
強力な魔法で敵を撃ち滅ぼす
アークメイジ
扱う属性魔法はまるで天災級
言霊使い
言葉にマナを乗せ戦おう!
ソングマジシャン
歌魔法師
歌にマナを乗せ敵を撃つ!
癒し手
回復魔法で仲間をサポート
ヒーラー
仲間の補助と回復を行う
アークビショップ
様々な支援のエキスパート
神官/巫女
神へ祈り仲間を支援する
呪術師
専用の札を使い攻撃を行う
聖騎士
教皇直属の騎士
暗黒騎士
闇の力を纏わらせた武器で戦う
吟遊詩人
歌と楽器を駆使し仲間をサポート
忍者
主君への忠誠は絶対でござる!
ダークメイジ
闇の魔法師
デバフ
弱体化のエキスパート
お手伝い
仲間をサポートするエキスパート
料理人
日々の生活は美味しいご飯から!
錬金術師
ポーションを作り仲間をサポート
薬師
体調不良を診るみんなのお医者さん
など
勇者
魔王を倒すために選ばれし者
聖女
世界のすべてを癒す回復のエキスパート
教皇
世界の平和を祈る聖域の守護者
神聖騎士
教皇を守る絶対の盾
剣聖
どんな剣でも使いこなせる達人
賢者
マナを扱うエキスパート
創造者
無から有を生み出す者
魔王
世界征服を企んでいる(かもしれない)
ダンジョン管理人
ダンジョンを作ることができる
など

プロローグ

やっと儂――ロドニー・ハーバスの時代が来る!!

今までちょこまかと煩わしかった教皇ティティアを排除することに成功し、彼女に忠誠を誓っている〈聖騎士〉たちもある程度は捕らえ、腹心の部下であるリロイにはかなりの大怪我を負わせたという報告を受けた。

ああ、ここまでくるのにどれだけ大変だったか。

「世界の平和が一番大事などと、よく言うわ」

女神フローディアを称えたところで、いったい何になるというのだ？　世の中を上手く生きるのに必要なのは、何もしない女神ではない。儂らを守ってくれるのは女神ルルイエ様だ。そして絶対に裏切らないものは、金だ。

巫女に着替えを手伝わせ、ちょうど終わったタイミングで部屋にノックの音が響いた。顔を出したのは、儂に忠誠を誓う〈聖堂騎士〉だ。

「ロドニー様、準備が整いました」

「やっとか」

いつまで準備をしているのだと、文句を言いたいところだが……まあいいだろう。これで出発できるのだから。

「前に馬車を停めているので、それにお乗りください。〈暗い洞窟〉の前まで馬車で行き、そのあとは徒歩で〈常世の修道院〉へ向かいます」

「わかった」

儂は壁に立てかけてある杖を手に持ち、歩き出す。このクリスタルの大聖堂の主だったティティアはもういない。これからここは儂の城だ。

そして〈常世の修道院〉へ行き、正式に女神ルルイエ様の眷属となるのだ。そうすれば思うままに力を使え、誰も儂に逆らうことはできなくなるだろう。

ああ、今から楽しみで楽しみで仕方がない――。


「何をしている、どんくさいぞ!!」

「す、すみません！」

ちんたらしている騎士を怒鳴りつけ、儂は大きくため息をついた。まさか、騎士がこんなにも使えないとは思わなかった。百人連れてきた騎士のうち、三分の一が修道院へ続く洞窟で重傷を負い戦闘不能になった。〈ヒール〉などで癒してはいるが、マナが追いつかず、すべてを回復するには至っていない。

これでは先が思いやられるではないか。


じめじめして暗く、歩きづらい洞窟を抜けた先に目的の修道院はあった。

おそらく昔はルルイエ様の威光もあって美しかったであろう場所が、今は見るも無残な姿になっていた。崩れかけの柱に、亀裂の入った壁。手入れなどまったくされておらず、朽ち果てるのを待っているかのようだ。

……これでは、中もいつ崩れるかわかったものではないな。

何人かの騎士を先行させてもいいが、洞窟での戦いを見るにそこまで期待するわけにはいかないだろう。修道院に出るモンスターは、洞窟よりずっと強いらしいからな。できるだけ全員で、儂のことを守らせながら進むのがいいだろう。


「攻撃の手を休めるな！　前から〈ゴースト〉が二体来るぞ!!」

「後ろからは犬が来てます!!」

「ロドニー様、支援を……!!」

騎士たちの声に、儂は「ふざけるな！」と声を荒らげる。儂を守るのが仕事だというのに、いったいどれだけ支援をさせれば気が済むのか。

「〈エリアヒール〉！　……しばらくはマナの回復に努める」

「ありがとうございます!!」

多少は回復してやったが、どうせまたすぐやられるのだろう。これでは、いつになったらルルイエ様のところに辿(たど)り着けるかわからないではないか。騎士なのだから、日頃からもっと訓練をしておかないでどうする。連れてきた〈癒し手〉と〈ヒーラー〉も、何人かはやられてしまい、もう数人しか残っていない。

……まったく、たるんでおる!!

ふいに後ろから、ガキンという鈍い音が聞こえた。見ると、モンスター一体が儂に攻撃を仕掛け、それを騎士の一人が防いだ音だった。

「おお、よく儂を守った。その調子で頼むぞ!」

「…………」

黒の鎧(よろい)を着ている騎士を褒め、儂は「早く倒さないか!」とほかの騎士たちに発破をかける。この場所で戦い続けたら、いつまでたっても先に進めないではないか。

ルルイエ様、どうぞ儂らをお導きください――。

スキルの確認をしよう

今日もいつものように、ドゴオオォォンと爆発音が周囲に響く。かなり大きい音だけれど、私はすっかり慣れてしまった。すぐそこでは、爆風で〈オーク〉が空に打ち上げられ、光の粒子になって消えている。死体はなく、残るのはドロップアイテムだけだ。

私ことシャロンは今、〈木漏れ日の森〉で狩りをしている。

〈オーク〉〈スネイクル〉〈スパイル〉が生息し、平和な名前の割に結構精神的にきつい森だ。蛇と蜘蛛(くも)っていうだけで、嫌う人は多そうだからね……。

といいつつも、私たちの狩りはかなり順調だ。

〈癒(いや)し手〉の私に、弟子になったケットシーで〈錬金術師〉のタルト。それから少し前に仲間に加わった、〈教皇〉のティティアと、司教であり〈ヒーラー〉のリロイと行動を共にしている。

今――〈エレンツィ神聖国〉は、ロドニー・ハーバスという男が教皇ティティアに反旗をひるがえし大聖堂を占拠している。

そんな中、私とタルトはティティアに協力することに決めたのだ。

「倒しました！」

「〈オークのぼろ布〉ゲットですにゃ！」

私の横ではしゃぐ幼女二人――タルトとティティアは、もうすっかり狩りに慣れてしまったようだ。〈火炎瓶〉での狩りに一番慣れていなかったリロイも、余裕の表情で壁役をこなすようになった。なんでも、ティティアのためなら爆風の中ですら立っていられるらしい。

……愛かな？

「そろそろ夕方ですし、今日は戻りましょうか」

「そうですね」

リロイの提案に頷（うなず）いて、私たちは拠点にしている〈氷の街スノウティア〉へ戻った。


食事と温泉入浴を終えて、今は自由時間だ。とはいっても、大聖堂が敵に渡ってしまったリロイとティティアが宿から出ることはほとんどない。何か必要なものは狩りの帰りに買っているし、よほどのときは私かタルトがお使いに出ている。

私たち四人は大部屋だ。リロイは男性なので別の方が……という話はしたのだけれど、安全面の理由から一緒のままにしている。とりあえず今のところは平和そのものなので、問題はない。

全員が部屋でくつろぐ中、私は机に向かって今後のことを考えていた。

……リロイはいいとして、ティティアのスキルはどんな感じなんだろう？

リロイの職業（ジョブ）は〈ヒーラー〉なので、私もゲームではプレイしたことのある二次職だ。基本的にスキルは把握しているし、リロイの戦闘の様子を見る限り、なんとなくの取得スキルはわかっているつもりだ。

問題はティティア。〈教皇〉はユニーク職業なので、この世界でもたった一人しかなることができない。もちろん、ゲームのときもそうだった。そのため、わたしは〈教皇〉のスキルがさっぱりわからないのだ。

……スキルについて聞いてもいいかな？　でも、さすがに踏み込みすぎかな？

本来ならパーティを組んでいる仲間だということを考えれば聞いても問題はないが、いかんせん現時点では臨時でパーティを組んでいる、という感じだ。お互い、どこまで自分の手の内をさらすのか判断が難しい。

「そんなに唸ってどうしたんですか？」

「……ハッ！」

どうやら私は声に出して唸っていたらしい。後ろを向くと、苦笑したリロイが立っていた。

「いえ、なんと言いますか……」

「はい？」

「リロイ様とティティア様のスキルはどんな感じなんだろうかと、知りたかったんですよ……」

「ああ、そういえばお互いにスキル構成の話はしていませんでしたね」

リロイがなるほどと頷いた。すると、自分のスキルを口にし始めた。

「私のスキルは、〈鉄槌〉に――」

「ちょちょ、ちょっと待ってください！　私に教えてしまっていいんですか？　スキルを知られることは弱点をさらすようなことでもあるんですよね？」

「構いません。私はシャロンを信頼していますから」

私の疑問に、リロイが間髪いれずに返事をしてきた。確かに依頼を受けたり助けたりといろいろしたけれど、そんなに信頼されていたとは……。

すると、話を聞いていたらしいティティアもやってきた。

「わたしのスキルもお教えします。知っていた方が戦闘で有利になるかもしれなかったのに……気づかずすみません」

「ティティア様まで……。ありがとうございます、二人とも」

〈教皇〉のスキルなんて、ゲーム時代なら情報だけでめちゃくちゃお金になりそうだというのに……！　あ、もちろん売ったりはしませんよ。

私は自分のスキルも教えることにして、二人のスキルを聞いた。

まずはリロイ。
職業（ジョブ）は二次職の〈ヒーラー〉で、レベルは47。
〈祝福の光〉
〈ヒール〉レベル10
〈身体強化〉レベル10

〈リジェネレーション〉レベル5
〈鉄槌〉レベル5
〈女神の守護〉レベル5
〈聖属性強化〉レベル5
〈天上の宴(うたげ)〉レベル2

ということなんだけど、さすが自動取得の世界だね――!! とは思いつつも、そんなに悪くないスキル構成に感心してしまう。
〈身体強化〉と〈ヒール〉があればとりあえず最低限の支援はできるし、〈女神の守護〉で守りながら〈鉄槌〉で攻撃することもできる。悪く言えば中途半端ではあるけれど、ティティアの側近として側(そば)にいるなら、これくらいいろいろできてもいいのかもしれない。もちろん、修正の余地はあるが。

次はティティア。
職業(ジョブ)はユニーク職の〈教皇〉で、レベルは〈オーク〉を倒し続けた結果28まで上がった。

〈魂の祈り〉
〈女神の聖域(サンクチュアリ)〉レベル5
〈神の寵愛(ちょうあい)〉レベル5

〈慈愛〉レベル10
〈最後の審判〉
〈奇跡の祈り〉レベル2

なるほどなるほど、私がわからないスキルばっかりだね。なので、ティティアにスキルの説明をお願いした。

結果、さすがはユニーク職業（ジョブ）だという言葉しか出てこない。

〈魂の祈り〉は、〈教皇の御心〉を作る職業（ジョブ）の固有スキル。この御心は、以前リロイが持っていたらしい、真珠のような宝玉だ。それを呑（の）み込むことにより、教皇が負ったダメージを肩代わりするというものだ。

〈女神の聖域（サンクチュアリ）〉は周囲を浄化して結界を張るスキル。
〈神の寵愛〉は自身のステータスを上げるパッシブスキル。
〈慈愛〉はティティアの周囲の人たちを敵味方関係なく回復するスキル。
〈最後の審判〉は確率50％で即死させ、50％で全回復させるスキル。
〈奇跡の祈り〉はランダムで神の奇跡が起きるスキル。

これはなかなかに検証が必要そうなスキルだね……！　特にやばいのは、〈最後の審判〉だよね。50％で即死って、やばい。モンスターとのレベル差とかの制限があるかはわからないけど、がんがん使って経験値のおいしいモンスターを倒していきたいところ。

……使用マナはどれくらいかな？

まあ、ポーションを用意すればマナなんて気にしなくていいんだけどね。

「ティティア様、〈最後の審判〉使って狩りをしましょう！」

「――！　そ、そうですよね。少し怖いスキルだと思っていたのですが、強くなるためには使わなければいけませんよね」

「あ……っ」

……私の心が汚れ切っていたよ……。

そうだよね、そんな恐ろしいスキルは使いたくないよね。私はティティアの言葉に反省したけれど、すぐに、でも〈火炎瓶〉投げてるよね？　と、我に返った。

「とりあえずティティア様のスキルはおいおい検証していきましょう。使ってみないと、有効な使い方もわかりませんから」

「はい。頑張ります！」

私の言葉に、ティティアは素直に頷いた。

「シャロンのスキルはどんな感じなのですか？」

「えっと、私は支援スキルがメインですね」

スキルを一つずつ説明すると、ティティアは真剣に聞いてくれる。しかしその横ではリロイがドン引きしたような表情で「どうしたらそんなスキル構成になります……？」と呟（つぶや）いた。

……〈冒険の腕輪〉がある私は、みんなと違って自分でスキルを選べるからね！

基本情報

名前 シャロン（シャーロット・ココリアラ）

レベル 30

職業 癒し手

回復魔法のエキスパート
回復のほかにもバリアや強化で味方を支援

称号

婚約破棄をされた女
性別が『男』の相手からの
攻撃耐性 5%増加

女神フローディアの祝福
回復スキルの効果 10%増加
回復スキル使用時のマナの消費量 50%減少

スキル

◆ **祝福の光**
綺麗な水を〈聖水〉にする
使用アイテム〈ポーション瓶〉

❤ **ヒール** レベル5
一人を回復する

❤ **エリアヒール** レベル3
自身の半径7メートルの対象を回復する

❤ **リジェネレーション** レベル2
10秒ごとに体力を回復する

❤ **マナレーション** レベル5
30秒ごとにマナを回復する

⏏ **身体強化** レベル7
身体能力（攻撃力、防御力、素早さ）が
向上する

⏏ **女神の一撃**
次に与える攻撃力が2倍になる

◆ **女神の守護** レベル5
指定した対象にバリアを張る

❤ **キュア**
状態異常を回復する

装備

頭 慈愛の髪飾り
回復スキル 5%増加
物理防御 3%増加
全属性耐性 3%増加

胴体 慈愛のローブ
回復スキル 5%増加
魔法防御 3%増加

右手 芽吹きの杖
回復スキル 3%増加
聖属性 10%増加

左手 -----------

アクセサリー 冒険の腕輪
システムメニュー使用可

アクセサリー -----------

靴 慈愛のブーツ
回復スキル 5%増加
物理防御 3%増加

慈愛シリーズ（3点）
回復スキル 15%増加
物理防御 5%増加
魔法防御 5%増加
スキル使用時のマナの消費量 10%減少

そりゃあ、強いに決まってるよね。

私がアハハハと笑ってみせると、タルトが「お師匠さまはすごいんですにゃ」と言いながらお茶を淹れてきてくれた。

「すごいどころではないですが……。ありがとうございます」

リロイはタルトからお茶を受け取り一口飲んで、「考えても無駄でしょう」と地味に失礼なことを言ってのけたのだった。

連日の〈オーク〉狩りに疲れた翌日。

今日は一日お休みデーという名の、タルトの〈製薬〉デー。今後の狩りで使う〈火炎瓶〉や回復アイテムを作るのが目的だ。

ティティアが楽しそうにタルトの手伝いをしてくれているので、私は一人で、ギルドに素材などが仕入れられていないか確認に行くことにした。ちなみにリロイはそんな二人を見守っている。

街を歩きながらも、私の頭はフル回転だ。

ティティアのレベルは順調に上がってきたので、そろそろ次の狩場を視野に入れてもいい頃合いなのだが……いかんせん、〈火炎瓶〉の材料が心許ない。〈オーク〉のいいところは、材料のぼろ布を落とすところだからね。

それに、狩場レベルを上げるとなると、前衛不足も気になってくる。リロイがある程度はカバーできるけれど、もっと先まで見据えると現実的ではなくなってくる。

頭をよぎるのは、ケントとココアだ。あの二人は〈剣士〉と〈魔法使い〉なので、私たちのパーティと相性がよく、効率も上がる。

……でも、でもなぁ……！

二人はいい子だ。ケントは一見、無鉄砲に見えるけれどしっかり考えてモンスターと対峙（たいじ）している。情報収集だってしているみたいだ。ココアは細やかなフォローが得意で、野宿に必要な生活関連の知識も持っている。

レベルは高くなく一次職だけど、そんなのは私も同じなので、一緒にレベリングをすればいいしどうとでもなる。

……だけど、二人を巻き込んでしまうのは、よくないと思うんだよね。

ゲーム知識を持った私は、きっとこの世界での生き方が特殊だと思う。悪く言えば、異質。大好きだったゲーム世界を堪能して、すべての絶景を見てみたいという野望があるだけなんだけどね。

でもケントとココアは、すぐ近くに故郷の村があって、両親――家族がいる。そんな二人を、自分の都合で振り回してしまうのはよくない。ずっとそう考えていた。

しかも今は、大聖堂関係がかなりきな臭くなってきているので、なおさら一緒にパーティを！とは誘いづらいのだ。

……親御さんも心配するだろうしね。

以前〈牧場の村〉に行ったとき、二人の母親と知り合い、どんな様子かなどを聞かれたことがあった。とても心配していたのが印象に残っている。

そんな二人を死んでもおかしくなさそうな私の旅には、誘いづらいんだよ……！

じゃあタルトはどうなの？　というところではあるけれど、タルトは自分が病気で近いうちに死ぬと思っていた。けれど生きた。だから世界を旅し、〈錬金術師〉になるのだという夢を応援することにした。

「……まあ、考えても結論なんて出ないよね」

私はため息をついて、到着した冒険者ギルドの扉を開けた。

ギルドで行うのは、素材の買い取りだ。〈火炎瓶〉の材料があるといいなと祈りながらカウンターに行くと、私を見た受付嬢サーラがすぐに素材が入った袋をカウンターにのせているではないか。

……何も言わずとも素材が出てくるとは！

すっかり常連になり、「いつもの素材を」と言わなくとも〈オークのぼろ布〉やらが出てくるようになってしまった。

「いらっしゃい、シャロンさん！　待ってましたよ～！」

「おはようございます、サーラさん。素材、ありがとうございます」

どどーんとカウンターにのった素材を見る限り、結構な量がありそうだ。

何度も素材の買い取りに来たりしているうちに、私は受付のサーラと仲良くなった。蜂蜜色のくるくる天然パーマで、緑の瞳の下には黒子（ほくろ）がある。可愛（かわい）いのに、どことなく色っぽい一面もある子だ。

「シャロンさんが〈オークのぼろ布〉の買取依頼を少し高めに出してくれているので、〈オーク〉を狩る冒険者が増えたんですよ。スノウティアで活動する冒険者の平均レベルも、上がっていってますよ」

「わー、〈オーク〉さまさまですね」

まさか冒険者たちのレベルの底上げまでしてくれるとは。

スノウティアの周囲は比較的強いモンスターが多いので、もともと屈強な冒険者が多い。それがさらに強くなっているとは……！

「ただ、やっぱり気候の問題もあって、〈火のキノコ〉は全然ないんですよ。うちよりも、ツィレのギルドの方が手に入りやすいと思います」

「そうですね……。時間を見つけてツィレにも行ってみようと思います」

「それがいいと思います」

私は〈オークのぼろ布〉を一三五枚、〈火のキノコ〉を一〇個、〈沈黙の花〉を三本買い取った。

沈黙の花は、ティティアとリロイの呪いを抑えるための〈遅延ポーション〉の材料だ。

「ありがとうございました！」

お金を払って、〈魔法の鞄（かばん）〉に入れてるように見せかけて〈簡易倉庫〉へしまって冒険者ギルドを後にした。

……さて、次はツィレかな？

私は転移ゲートを使い、〈聖都ツィレ〉へ移動する。街から街へ一瞬で移動できるゲートを一度使ってしまったら、二度とゲートなしの生活には戻れないだろう。

ツィレの冒険者ギルドにも買取依頼を出しているので、〈火炎瓶〉の材料のぼろ布とキノコを購入することができた。よかった。

「あとは素材を持って帰って、タルトに〈火炎瓶〉を作ってもらえればバッチリだね」

これで明日からも狩りがはかどりそうだと、無意識のうちに口元が緩んだ。

いつものように〈木漏れ日の森〉に〈オーク〉狩りに来た私たちは、さっそくティティアにスキルを使ってみてもらうことにした。ティティア自身もスキルを取得してから一度も使っていなかったみたいなので、検証しなければ！

「――〈奇跡の祈り〉」

ティティアの澄んだ声が響き、ふわりと天使の羽が舞った。神秘的な光景に、思わず見惚(みと)れてしまったのも仕方がないだろう。

問題は、ランダムに神の奇跡が起きるというスキル効果だ。いったいどんな効果が得られるのか？　何種類くらいあるのか？　マイナス効果もつくのか？　などなど、知りたいことはたくさんある。

「どうですか？　ティティア様」

「えーっと……三分間、攻撃力が三倍になるみたいです」

「――リロイ様、すぐに〈オーク〉を連れてきてください‼」

「はい！」

ティティアの言葉を聞いてすぐ、私たちは動き出した。

リロイが連れてくる〈オーク〉だけではもったいないので、私はその辺の石を拾って〈オーク〉に投げつける。攻撃力が三倍になるなんて神強化(バフ)、倒しまくるしかないでしょう……‼

「遠慮なく投げちゃって！」

「は、はいっ！」

攻撃力が二倍になる〈女神の一撃〉をかけている暇すら惜しい。ティティアにはどんどん〈火炎瓶〉を投げてもらう。一応、できる限りはかけるけど！

ティティアは私が石を投げて釣った〈オーク〉に「えいっ！」と〈火炎瓶〉を投げた。綺麗(きれい)な山なりに投げられた火炎瓶は、〈オーク〉にぶつかるとすさまじいほどの火柱を立ちのぼらせた。

「うわっ」

「ひゃっ！」

「にゃにゃっ⁉」

思わず、私、ティティア、タルトの驚いた声が重なった。威力三倍、すごいね。私が感心していると、「お願いします！」とリロイが〈オーク〉二匹を連れてきた。常に自身に〈女神の守護〉でバリアを張っている。

現時点で二分ほど経ってるから、リロイが連れてきてくれた〈オーク〉を狩って小休止だ。

「ティティア様！」

「はいっ！」

リロイの呼び声に応えてティティアが再び〈火炎瓶〉を投げる。今度は私の〈女神の一撃〉もかけているので、先ほどより威力がえげつないことになった。

……すごすぎだよ、〈教皇〉。

〈オーク〉のドロップアイテムを回収し、私はティティアを見る。

「なんていうか、すごいスキルだね……」

「すごいですにゃ……」

「は、はい。わたしも驚きました……」

ティティアはまだ落ち着かないみたいで、両手で自分の胸を押さえていた。

そして落ち着いたところでレッツもう一回。再び神秘的な光景を見つつ、ティティアの口から出たのは「速さ＋３％です……」というものだった。

……前衛職や物理後衛職なら助かるけど、ティティアの場合は必要ないね。やはり奇跡とはいえ、ほしい効果ばかりがくるわけではないようだ。

さらに試した結果、物理攻撃力、防御力、結界、回復あたりがよく起こる奇跡みたいだね。やっぱり最初の攻撃力三倍は、かなりレアな奇跡だったみたい。

ひとまずティティアの奇跡は余裕のあるときに試すことにして、ほかのスキルの検証にいきたいんだけど――本当に〈最後の審判〉を使っていいだろうか？　と悩んでいた。

……私みたいな人間ならいいけど、ティティアはモンスターを〈火炎瓶〉で倒しているとはいえ純真無垢(むく)な子供……。〈最後の審判〉とかいう、恐ろしい名前のスキルを本当に使わせていいのだろうか……と、思ってしまうのだ。

もちろん、私なら悩む間もなく使うけどね！

私が真剣な顔で悩んでいたら、服の裾をくいくいと引っ張られた。ティティアだ。

「シャロン。そんな不安そうな顔をしないでください。わたしなら大丈夫ですから」

「ティティア様……」

ティティアは私を安心させるように、優しく微笑(ほほえ)んでくれている。その後ろではリロイも「お支えいたします」と頷(うなず)いている。

……ううぅ、ティティアに気遣われてしまった！

「ぐだぐだしてるのは私だけかぁ。……よし！　じゃあ、お願いします！」

「はいっ！」

私は気合を入れて頬(ほお)を叩(たた)いて前を見据える。少し先に〈オーク〉がいるのが見えるので、ターゲットにちょうどいいだろう。

……ひとまず、これでこのスキルがどんなものかわかるね。

ということで、肉壁リロイ再びである。

リロイが〈オーク〉を抑え込んだところで、念のため一発だけタルトに〈ポーション投げ〉をしてもらい弱らせてもらっておく。

これで、何か想定外なことが起きても対処できるだろう。

「ティティア様、お願いします」

「はい」

ティティアはゆっくり深呼吸をして、リロイに殴りかかっている〈オーク〉を見据える。その真剣な瞳は、まさに〈教皇〉の名に相応(ふさわ)しいと思う。

「――〈最後の審判〉！」

周囲に、ティティアの力強い声が響く。

同時に圧倒的な存在感を受けて、私は息が詰まりそうになる。他人のスキルが発動しただけで、これほどプレッシャーを感じるとは思いもしなかった。わずかな息苦しさの中、私は〈最後の審判〉を受けた〈オーク〉を見る。

すると、〈オーク〉の上空に翼を持った天使が現れた。耳が翼になっていて、背中にも羽が生えている。まさに神の御使(みつか)いといえるだろう。

小柄な天使には似合わない大剣を手にし、〈オーク〉の脳天へと投げつけた。

そして〈オーク〉に突き刺さる瞬間、大剣から天使の翼が生え――〈オーク〉が全回復しティティアが気絶しその場に倒れた。

「ティティア様!!」

叫んだのはリロイだ。ティティアが倒れた瞬間、リロイの頭から〈オーク〉のことがすっぽりと抜けた。慌ててティティアに向かってきているのはいいが、〈オーク〉がついてきている。

「ちょ――っ、〈女神の一撃〉!」

「〈ポーション投げ〉にゃっ!!」

――ナイス!

私がスキルを使うと、タルトが間髪いれずにスキルを使った。普通だったらとまどうだろう場面だけど、しっかり状況を見て、自分がすべきことをわかっているタルトはすごい。幸い〈オーク〉は一匹だけだったので、問題なく倒すことができた。

ほっと息をつく間もなく、私とタルトもティティアに駆け寄る。リロイが支えながら呼びかけているけれど、意識が戻らないみたいだ。

……どういうこと!?

ユニーク職まで含めるとすべてのスキルを把握できているわけではないが、気を失うようなスキルはなかったはずだ。いや、ゲーム中に気を失うなんてことがあったらその時間はゲームを楽しめないからあり得なかったのかもだけど!

「リロイ様、ティティア様は……」

「……どうやら眠っているようですね。おそらく、マナが枯渇しているんだと思います。あれほどのスキルを使ったのですから、当然といえば当然でしょう」

「マナの枯渇……」

リロイの説明を聞き、なるほどと納得する。〈最後の審判〉の詳細はわからないけれど、自身のマナすべてを使い発動、という条件は普通にありそうだなと思う。

……ゲームならマナが枯渇しても気絶なんてしないけど、ここは現実世界だもんね。

体を維持するために、強制的に体を休ませる、いわば防衛本能のようなものなのだろう。

私はふーっと息をついて、気持ちを落ち着かせる。

「ティティア様が初めて使うスキルを〈オーク〉で試そうとしたのは、私が軽率すぎました。ごめんなさい」

あとでティティアにも謝罪をしようと思いつつ、保護者のようなポジションにいるリロイに頭を下げる。彼女を危険な目にあわせてしまったのは、私のミスだ。

しかし、リロイはゆっくり首を振った。

「いいえ。確かにシャロンの提案ではありましたが、使うと決めたのはティティア様ですから。気に病む必要はありません。それに、私も止めたりはしませんでしたから。……もちろん、悪意を持って提案したのであれば話は別ですが」

「悪意なんてないです。誓って！」

リロイが怖い笑みを浮かべたので、慌てて首を振って全力で否定しておいた。ティティアに何かしようものなら、地獄の果てまで追ってくるに違いない。

「ええ、わかっていますよ。だから、シャロンを責めるようなことは一切ありません」

「そうですか……」

思いがけないリロイからの信頼の言葉に、なんだかむず痒くなる。

「二人とも、とりあえず街に戻りましょうにゃ！　このままだと、また〈オーク〉が来ちゃいますにゃ」

「……！　そうですね。ティティア様を一刻も早く安全なところに運ばなければいけません」

「宿に急ぎましょう」

私たちは慌てて宿へ戻った。


宿に戻りティティアをベッドへ寝かせ、やっと一息つくことができた。

いやあ、心臓に悪すぎだったよね。もう適正レベルの狩場での検証は二度としないよ。次に何かあったら〈プルル〉あたりで試させてもらおう。

リロイがずっとティティアの横で神妙な顔をしているので、さてどうしたものかと考える。まずは食事でもと声をかけてみたいが、ティティアが目覚めるまではてこでも動かないだろう。

すると、タルトがリロイの横に膝をついた。

「リロイ様。ティティア様は大丈夫ですにゃ。もう少し休んだら、ちゃんと目を覚ましますにゃ。

わたしも、マナ枯渇で苦しんでいたことがあったのでわかりますにゃ。たくさんの人に心配をかけてしまったのですにゃ」

「タルト……」

リロイはタルトがマナ喰(ぐ)いの状態異常にかかっていたことは知らない。タルトの話に驚いて、目を見開いている。

「そうだったのですか。タルトも大変な思いをしていたのですね……」

「わたしはお師匠さまに助けてもらったのですにゃ。だから、リロイ様もティティア様も、お師匠さまに任せておけば大丈夫ですにゃ」

「ちょちょちょちょちょ！」

いい感じに話をまとめるのかと思ったら、まさかの私にぶん投げ！　さすがポーションを投げるのが得意なだけあるね……!?

「あれは偶然なんとかできただけで、私がなんでもできるわけじゃないからね!?」

「そう言いつつも、お師匠さまはなんでもできちゃいますにゃ」

「私たちの呪いの対応や狩りの仕方といい、只者(ただもの)ではないとずっと思っていました」

二人の視線が痛い……！

「んん……」

「おだてても何も出ませんから――」

「「ティティア様!?」」

回復したからか、それとも私たちがうるさかったからか、微妙な感じがしなくもないけれど、ティティアの目が開いた。

「んん……、わたし……？」

「ティティア様、ご無事で何よりです……!!」

「リロイ……？」

少しぼーっとしていたティティアだったけれど、次第に意識が覚醒したようだ。何度か瞬(まばた)きを繰り返して、抱きついているリロイの背中をぽんぽん叩いた。

「心配かけましたね、リロイ。わたしはもう大丈夫ですよ」

涙目になっているリロイに、ティティアがふわりと微笑む。まるで天使だ。

「シャロン、タルト。いきなり倒れてしまってすみません」

「いいえ。もとはといえば、私の無理やりすぎる作戦がいけなかったんです。〈最後の審判〉は恐らくすべてのマナを使用するスキルなので、使わない方がいいですね」

本当の最終手段として使うにはいいかもしれないが、幼いティティアにはそんなことは言わなくていいと思う。

「大丈夫ですにゃ！　一番辛(つら)かったのはティティア様ですにゃ。温かい飲み物と甘いもので休憩しましょうにゃ」

「はい！」

タルトの提案で、ティティアに笑顔の花が咲いた。

――夜。

私はなんだか眠れなくて、ぼーっと外を眺めていた。さすがに、今日ティティアが倒れたのは心臓に悪かった。

「眠れないんですか？」

「――！　リロイ、様」

……びっくりした。

気配なく突然話しかけられて、一瞬体が飛びあがるところだった。振り向くとリロイがいて、どうやら私と同じで眠れないみたいだ。

ちなみに、タルトとティティアは気持ちよさそうにぐっすり寝てるよ。

「そうですね。ちょっと目が覚めちゃいました」

「どうぞ」

「ありがとうございます」

リロイが淹れてくれたお茶を受け取り、一息つく。温かい。

「……昼間はすみませんでした」

「え？」

「私は前衛の役割をしていましたが、なりふり構わずティティア様の元へ走りましたから」

「あー……」

リロイの謝罪に苦笑する。確かに不測の事態が起きたとしても、持ち場から離れるべきではなかった。

……でも、あれはリロイにとって緊急も緊急の非常事態だったからなぁ。

なんなら、自身の死や世界が滅ぶよりも大変なことだったと思う。なんせ、ティティアが一番大事っていう人間だからね。

私は「大丈夫ですよ」とフォローの言葉を伝える。しかしリロイはそれだけでは納得できなかったようで、口元に手を当てながら思案し一言。

「それで……早急に前衛が必要だと思いました」

「！　あー……まあ、そうですね……」

それには同意しかない。ただ、今の状況でまったく知らない人をパーティに迎え入れるのはリスクが高いだろう。

……下手をしたら、ロドニーのスパイや、ロドニーに情報を売るような人かもしれないからね。

「ティティア様直属の〈聖騎士〉たちと合流できればいいのですが、まだ連絡は取れていません。……無事だといいのですが」

「安否がわからないのは不安ですね」

〈聖騎士〉と合流すれば、めちゃくちゃ心強い。今はティティアのレベルも上がっているし、もう少しレベルを上げればロドニーともやりあえる……と思う。

……問題はそのレベル上げがネックすぎることなんだよねぇ。

前衛、前衛がほしい！

「シャロンが信頼できる前衛はいませんか？」

そう告げたリロイの瞳には、どこか焦りが見える。私はふと浮かんだ顔があったけれど、リロイに告げることはできず……ゆっくり首を横に振った。

再会

「さて、そろそろ公平にして狩りをしましょうか」

翌朝、私は公平狩りの提案をした。今まではティティアのレベルが低すぎるため、経験値の分配をしていなかった。そのため、ティティアだけレベルがもりもり上がっている状態だったのだ。

「わたしのレベルは、28になりました」

「わたしは32ですにゃ」

「おおぅ、タルトに離されてる……私は30」

「私は変わっていないので、47ですね」

タルトはピンチのときに〈ポーション投げ〉をしていたので、ちょっとずつ経験値が入ってレベルが上がっていたようだ。私はまったくだったのに、くそう、うらやましい。

パーティ内でレベル差が±15以内だと、経験値が公平に分配される。そのため私たちは〈冒険者ギルド〉でまずリロイを除いた三人でパーティ登録を行い、狩りに行くことにした。

「よーし、タルトの〈ポーション投げ〉でガンガンレベルを上げるよ！」

「はいっ！」

「にゃっ！」

「頑張りましょう」

私たちがギルドでの用事——パーティ登録やぼろ布などのアイテムの買い取りを済ませて建物を出ると、目の前にケントとココアがいた。

「「シャロン！」」

「え、二人ともなんでここにいるの!?」

「お久しぶりですにゃ！」

ティティアとリロイとの関わりでスノウティティアに来た私は、ケントたちとパーティを組めずにいた。大聖堂関連に巻き込みたくないということと、二人の拠点がツィレだったから、というのが大きな理由だ。

私がなぜスノウティティアに二人が!? と思っていると、ケントが笑いながら理由を教えてくれた。

「俺とココア、レベルが33になったんだ。拠点を変える……とまではいかないけど、俺の武器を新しくして戦力も強化できたから、ほかの街も見てみようって話してスノウティティアに来たんだ。ここなら、運がよければシャロンとタルトに会えるかもしれないと思ってさ」

そう言ったケントの腰には、以前装備していた〈鉄のソード〉ではなく、〈グラディウス〉が装備されていた。特別な効果はないけれど、攻撃力はそこそこあるので、一次職の間に使うものとしては十分だろう。

「そうだったんだ……。びっくりしたけど、二人に会えて嬉しい！」

私が素直に告げると、ケントとココアも嬉しそうに笑った。すると、くいくいと裾を引っ張られた。ティティアだ。

「ああ、そういえば紹介してなかったね。この子はティティア様。それと保護者のリロイ様。今、ちょっと事情があってパーティを組んでるんだ」

簡単に説明すると、ティティアとリロイが軽く頭を下げた。

「初めまして。ティティアです」

「リロイと申します」

「俺はケント。〈剣士〉です」

「私はココア。〈魔法使い〉です。二人でパーティを組んでるんですけど、ときどきシャロンとも組んでます」

二人の説明を聞き、私はうんうんと頷く。ほんのちょっと見なかっただけなのに、なんだかたくましくなった気がするよ。

この前ツィレで話をしたとき、確か二人はスノウティティアに行くにはまだレベルや装備が不安だと言っていた。新しくした装備はケントの剣だけだけれど、レベルは上がっている。そこをちゃんとクリアしてから来ているところが偉すぎる。

そして私は思う。そろそろ、二次職になるため気合を入れてもいいんじゃない？　――と。

二次職になるための条件はレベル40になること。ただし、各職業に合った転職場所に行かなければならないが。

……私はツィレの大聖堂で転職できるから、楽なんだよね。

タルトは特殊職業なので、二次職はない。ティティアもユニーク職業なので、転職するまでもなく最強だ。リロイはすでに二次職なので、次に何かあるならばレベル１００になった際の覚醒職への転職だろうか。

なんて私が考えていたら、リロイが私に耳打ちをしてきた。

「シャロンのご友人は〈剣士〉らしいですが、パーティを組むのにどうでしょう？　この年齢でレベル33は、頑張っていると思います。もちろん、シャロンが信用に足る人物であると判断していなければ難しいでしょうが……」

「うーん……」

確かにケントとココアの二人はとても真面目だ。レベルはすごく高いわけではないけれど、無茶もせずに堅実で、安定感がある。信用できるかと問われたら、私はできると即答する。

「……シャロンが二人を巻き込みたくないと考えているのは、とてもよくわかります。私とて、無関係の方を巻き込みたいわけではないですから。ただ——こちらも、あまり余裕はないのです」

「…………」

リロイの言い分も理解できる。今このときも、刻一刻と大聖堂はロドニーの支配が広がっているだろう。早く戦力を整え、ロドニーを討ちたいというリロイの気持ちは痛いほどよくわかる。

……それに、リロイも口にはしないけれど……懸念事項はほかにもある。

もし私の考えている懸念事項が現実のものになった場合、ケントとココアも無関係ではなくなってしまうのだ。

「あーもー、どうしたらいいのか……」

がしがしと頭をかくと、「シャロン！」とケントに名前を呼ばれた。その横では、ココアも私のことを見ている。

「？　どうしたの、二人とも」

「何か困ってるんじゃないか？　一時的とはいえ、俺たちはパーティを組んだ仲間だ。困ってるなら、力を貸すぞ！」

「そうだよ、シャロン。私たちだって冒険者なんだから、ちょっとやそっと、いや、どんな無茶な冒険だってどんとこいだよ！」

なんて嬉しいことを言ってくれるのか、この二人は！

「……でも、めちゃくちゃ危険な目にあわせちゃうかもしれないよ？」

「おう。どんとこいだ」

「……そのかわり、めちゃくちゃレベル上げしちゃうよ？」

「おう。どんと――えぇっ!?　いや、〈オーク〉狩りを提案してくるのがシャロンだ。どんな狩りを言われたって、もう驚かねえよ」

ケントは鼻の下を擦って、「へへっ」と笑う。それにつられたのか、ココアもクスクス笑いながら「驚かないよ」と言っている。

あ〜〜もう、二人とも本当にたくましくなったよ!!

「なら……一緒にパーティを組もう。って、その前にティティア様とタルトの意見も聞かないとだね」

先ほどの様子からして、リロイは問題ないだろう。私がティティアとタルトを見ると、目をキラキラさせている。

「まだまだ未熟者ですが、どうぞよろしくお願いします」

「また一緒にパーティを組めて嬉しいですにゃ！　よろしくですにゃ！」

「俺たちだって、まだまだなんだ。でも、見た感じ俺たちがいればパーティバランスはよくなりそうだな！」

「一緒に頑張りましょう！」

四人はあっという間に意気投合したようで、嬉しそうに話をしている。うんうん、仲が良いのはよきことだね。パーティのチームワークも上がって、大変よきでしょう。

「いろいろ説明もしたいけど、まずはパーティ登録だね」

「おう」

ケントの返事を聞いてすぐ、私は登録するために受付へ行く。

まずはリロイを除く全員でパーティ登録をして、レベル上げをする。リロイと余裕を持って公平に組めるようになったら、晴れて六人パーティとなるのだ。

私はさくっと登録を終わらせ、皆を見る。ここまで来てしまえば、もう後は流れに乗ってレベルアップしていくのみです。

「んじゃ、せっかく前衛もいることだし——〈深き渓谷〉に行ってみようか」

私が提案すると、全員が口を閉ざした。タルトとティティアはよくわかっていないようで、仲良く首を傾げていて大変可愛い。リロイは頬が引きつっている。そしてケントとココアは顔を真っ青にして、悲鳴のような声をあげた。

「「絶対無理!!」」

ついさっき驚かないって言ったばっかりなのに、も〜！

私が狩場として提案した〈深き渓谷〉は、ここスノウティアの北西にあるフィールドだ。大型のモンスターが出る場所なので、パーティで狩りをするのにちょうどいい。

……まあ、〈ワイバーン〉がいたりするんだけどね。

きっとケントたちは、〈ワイバーン〉のことを怖がっているんだろう。でも大丈夫！　うちにはタルトがいるから、〈ポーション投げ〉でどんどん倒していくよ！　ドロップアイテムもおいしいしね。ちなみにすぐ隣には〈ドラゴンの寝床〉っていうダンジョンがあるんだけど、さすがにそこへ私たちのレベルで行くのは無理だ。

「日帰りでっていうのは難しいから、野宿用のアイテムを買ってこなきゃ。ギルドで依頼が出てたら、それも受けておいた方がいいね」

「ちょ、シャロン……本気か？」

「もちのろんだよ！」

めちゃくちゃ本気だ。私たちにゆっくりしている時間はない。早くしなければ、ロドニーに国が支配されてしまうかもしれないからね。早急にレベルを上げなければいけないのだ。

「私とタルト、それからティティア様の三人で野宿用のアイテムとかを買ってくるよ。ケントとココアは、ギルドで依頼を受けてきてもらっていい？　リロイ様は用事があれば済ませておいてほしいかな」

「了解ですにゃ！」

「はいっ！」

私が指示を出すと、すぐにタルトとティティアが頷いた。二人とも元気のいい返事で、お姉さんはとても嬉しいですよ。

ケントとココアはまだ「本当に!?」と驚いているけれど、「シャロンだし……」と微妙な結論を出しつつ了承してくれた。私の扱いとは……。

とりあえず〈ワイバーン〉の討伐依頼はお金になるので、ぜひ受けておきたいところ。

そしてリロイ。仲間との連絡手段に関しては聞いていないけれど、おそらく何らかの手立てはあるだろうと思う。ただ、その連絡手段が生きているかは私にはわからないけれど。

……だって、今まで大聖堂でティティアに仕えていた人たちの大勢がロドニー派になったわけだよね？

以前親しかったからといって、今も敵ではないと断言はできないのだ。リロイはかなり身動きがとりづらいと思う。

「ありがとうございます。伝言場所をもう一度確認して、合流します」

「はい」

連絡手段として、伝言場所を決めてあったようだ。リロイが行くのを見送って、私たちもそれぞれの役割のため別れた。


ひゅおおおぉぉ～。

深い渓谷の間を吹く強風の音に、私は思わず「おおぉ～」と感嘆の声をあげてしまった。初のリアル渓谷、めっちゃテンション上がる！

「いやいやいやいや、なんでそんなに気楽で嬉しそうなんだ!? 俺なんて緊張で手が――」

「あ、震えてる」

「違う！　武者震いだ!!」

のんきな私に我慢ならなかったのか、ケントからツッコミが入ってしまった。しかしケントも緊張からくる震えではなく武者震いしているらしいので、私と同じでワクワクしていると判断してもいいのではないだろうか。

……よーし、ケントにいっぱい楽しんでもらおう！

やはり前衛職の醍醐味（だいごみ）といえば、巨大なモンスターと戦うことだよね。ファンタジーが現実世界となった今、なんだかロマンを感じるよ。もちろん命がかかっているので、最大限の警戒はするけどね？

〈深き渓谷〉は、その名の通り深い渓谷が続いている。ほとんどの時間は強い風が吹いていて、一日中風の音が聞こえてくる。ごつごつした岩肌の地面は草木があまり生えておらず、大きな岩がたくさんあるので見晴らしもよくはない。

しかしまっすぐ伸びた渓谷の先には山があり、その頂（いただき）にダンジョン〈ドラゴンの寝床〉があるというわけだ。

……いつか、もっと強くなったら行ってみたいね。

「お師匠さま、ここでの戦い方はどうすればいいですにゃ？　注意することがあれば教えてほしいですにゃ」

「そうだね。ここで出てくるモンスターは、〈ワイバーン〉〈ゴロゴロン〉〈シルフィル〉〈マンドラゴラ〉だよ」

〈ワイバーン〉は簡単に言うと小さいドラゴンだ。空を飛んで襲ってくるけど、〈身体強化〉をかければ〈ポーション投げ〉でダメージを与えて落下させることができる。そこを全員で袋叩き（ふくろだた）きにすれば勝てるだろう。

〈ゴロゴロン〉は岩が集まってできたモンスターで、転がりながら突進してくるのが特徴だ。ただし曲がったりする動作が苦手なので、攻撃はほぼ一直線。当たったらかなりのダメージだけど、ちゃんと見ていれば簡単に避けることができる。

〈シルフィル〉は体長三〇センチくらいの風の妖精で、可愛い女の子の外見をしている。攻撃手段は風魔法。……可愛いから、倒しづらいかもしれないと、私は今から震えている。

〈マンドラゴラ〉はファンタジーでよく出てくる、引っこ抜くと叫び声をあげる植物だ。生息数は多くなく、まれに地面に生えている程度。抜かなければ戦闘が始まることもないので、スルーで問題ない。

私が一気に説明すると、ケントが「詳しいんだな！」とキラキラした目を向けてきた。顔に〝尊敬してます〟って書いてあるかのようだ。

「俺も調べたりしたけど、モンスターの種類くらいしかわからなかったんだ。もっと時間があればほかの冒険者に教えてもらえたんだけど、シャロンが知っててよかった」

「シャロンの知識はすごいよね」

「ああ」

ケントとココアが二人して私を褒め、「頑張ろう！」と気合を入れている。

「わたしはいつも通り、〈ポーション投げ〉しますにゃ！」

「えっと、わたしは……わたしは……」

「うん。タルトはがんがん投げちゃって！　ティティア様はスキルで支援をしつつ、周囲の様子を見ててもらっていいかな？　ここのモンスターは強いから、不意打ちされないよう気をつけないといけないの。私たちはまだレベルが低いから、結構重要な役目だよ。メイン支援は私とリロイ様がするから」

「！　とても大事なお役目ですね。わかりました！」

ティティアはふんすと気合を入れて、武器の長杖をぎゅっと握りしめた。その手は少し震えているけれど、決意を秘めた目をしている。

……うん。ティティアは大丈夫そうだね。

後ろに控えているリロイも、ティティアを守るために、いつも以上に神経を張り巡らせているみたいだ。ほどよくいい緊張感だと思う。

「よし、行こうか」

私の声とともに、みんなで〈深き渓谷〉へ足を踏み入れた。

すぐにでもレベル上げ開始！　といきたいところだけれど、まずは拠点を作らなければならない。今回は長期戦でレベル上げをするから、きちんとした準備が必要だ。休憩をこまめに取ったら効率もいいからね。

「狩りの前に拠点を作るよ！　ということで、拠点にする場所まで移動しよう。場所は当たりをつけてあるんだ」

「お、おお、お、おう！」

私の言葉に、ケントがガチガチになりつつ返事をした。空を飛んでる〈ワイバーン〉を見て汗がダラダラだから、かなり緊張してるんだろう。

……今はパーティメンバーも揃（そろ）ってるから、そこまで苦戦することはないと思うんだよね。〈オーク〉のときだってすぐに慣れてくれたから、〈ワイバーン〉もきっと時間の問題だろう。すぐに慣れると思う。ケントは戦闘のセンスもいいからね。

私たちはケントを先頭にして、私、タルト、ココア、ティティア、リロイの順で進んでいく。私が早めに状況を確認し、細かいところをリロイにフォローしてもらうという作戦だ。この中で一番指示を出しやすいのは、私だからね。

少し歩くと、ケントが思わず足を止めた。

「あれ……」

ケントの視線の先にあったのは、地面から生えた大きな深緑の草だ。

「ああ、〈マンドラゴラ〉だね。引っこ抜くと襲ってくるけど、何もしなければ大丈夫。……あ、戦いたい？」

ドロップアイテムはそこそこいいので、戦ってもいい。経験値だって、別に悪いわけじゃない。

しかしケントは首を振って、「戦わずに進もう」と告げた。

「ほかのモンスターは問答無用で襲ってくるんだろ？　だったら、襲ってこない〈マンドラゴラ〉に関わるのは危険だ。〈マンドラゴラ〉と戦ってるときに、ほかのモンスターが来たら、俺たちじゃまだ対処できない」

「うん、そうだね」

ケントの考えに、私は頷（うなず）く。ケントは脳筋と見せかけて、実は結構考えているのだ。ケントが頼りになるとなんだか嬉（うれ）しくなる。初心者の成長を見守っている感じが、なんとも楽しい。

〈マンドラゴラ〉を無視して進み始めるとすぐ、ゴロゴロゴロと、何かが転がる音が耳に届いた。かなりのスピードだ。

……この音は、〈ゴロゴロン〉だね。

「戦闘準備！　〈女神の一撃〉！」

「——はいっ！　〈神の寵愛（ちょうあい）〉！」

私はタルトに攻撃力が二倍になるスキルを使い、ティティアは自身のステータスが上がるスキルを使う。私とほぼ同時だ。ティティアが戦闘に慣れてきているのがわかる。

そこに一呼吸後、リロイが〈女神の守護〉をケントにかける。少し遅れたのは、周囲に視線を配り状況把握をしていたからだ。敵の攻撃はまだ来ていないので、問題ない。

戦闘準備が整ったところで、ちょうどよく〈ゴロゴロン〉が視界に入った。岩がいくつもくっついてできた球体のモンスターだ。一説では、転がっていくうちに岩が体に引っついて大きくなっていくのだとか。

「いくぜ！〈挑発〉!!」

ケントがスキルを使って前に飛び出した。それを目がけて、〈ゴロゴロン〉が転がってくる。ケントはじっと目を逸らさず、〈ゴロゴロン〉の攻撃を横にジャンプして避けた。

「つふー、怖っ！けど、避けられる!!」

軽く深呼吸をしたケントが、「攻撃だ！」と声をあげる。それに応えるのは、タルトとティティアとココアだ。

「いきますにゃ！〈ポーション投げ〉！」

「えいっ！」

タルトはスキルで、ティティアはそのまま、〈火炎瓶〉を投げつけた。〈ゴロゴロン〉の体の石がいくつかはがれたが、まだ倒せていない。

「私だって！――〈ファイアーアロー〉！」

詠唱を終えたココアがスキルを使うと、それがちょうどトドメになったようで、〈ゴロゴロン〉が光の粒子となって消えた。

……よし！

思っていた以上に、余裕で倒すことができた。ケントが怖がらずにしっかり前衛を務めあげたというのが大きい。

我らのパーティ、最高では？？？

見ると、ケントはガッツポーズをし、タルトとティティアは手を合わせて喜んでいる。

今回の戦闘は、タルトに〈女神の一撃〉をかけた。つまり二撃分。加えて、ティティアが投げた素の〈火炎瓶〉とココアの魔法一発。ココアもレベルが上がってるから、おそらく攻撃力は同じくらいか〈火炎瓶〉の方が少し高いくらいだろう。余裕があれば、〈女神の一撃〉を二人のうちどちらかにかけてもよさそうだ。

とはいえ、レベルが上がればその必要もなくなっちゃうだろうけどね。ここは経験値もおいしいから、どんどんレベルが上がるはずだ。

タルトが〈ゴロゴロン〉のドロップアイテムを拾って、私たちは再び歩き出す。道中何度か〈ゴロゴロン〉が出たけれど、なんなく倒すことができた。

しばらく歩くと目的地に到着した。見晴らしのいい開けた場所で、目の前はそびえたつ崖になっていて、壁面には奥行き一〇メートルほどの浅い洞窟がある。

ここはゲーム時代に休憩スポットとして使われていた場所で、モンスターの出現が少ない。なので、比較的ゆっくりすることができる。

「へええ、いい場所だな！　見晴らしもいいから、モンスターが来たらすぐわかる」

「うん。大きな岩もあるから、見張りもしやすいね」

ケントとココアがさっそく拠点のよさに気づいたようだ。うんうん、そうやって拠点の周囲を確認するのって大事だよね。

全員が荷物を下ろしたのを見て、私は声をかける。

「とりあえず今回の目標は、全員のレベルが40になることかな」

「「「40!?」」」

「にゃっ!?」

私の宣言に、全員が声をあげて驚いた。いやいや、リロイのレベルが47だから、余裕を持つにはそれくらいのレベルが必要だよね？

「ここならレベル40くらいすぐだから、大丈夫、大丈夫！」

「普通、それだけレベルを上げるには年単位必要なんだけど……やっぱシャロンは規格外だ……」

「わたしのレベルは28なんですが……」

ケントが呆(あき)れ、ティティアが震えているけれど、こればかりは受け入れてもらわなければ仕方がない。私たちは、早急にレベル上げをしないといけないからね。

……ティティアがツィレの大聖堂を取り戻すためにも。そして私が〈聖女〉に転職するためにも！

「シャロンの規格外は今更だもんね。よし、野営の準備をしよう！」

「はいですにゃ」

何か悟りを開いたような顔をしたココアが、さっそく準備を始めた。それを手伝うため、タルトもテントを取り出して「敵が来る前に終わらせるにゃ！」と気合を入れている。

「そうだな、急いで拠点を作ろう！」

ケントは「考えても仕方ない」と言って、テントの設置をし始めた。力仕事を進んでやってくれるみたいだ。

「わたしはどうすればいいですか？」

「ティティア様は、リロイ様と一緒にここから見える範囲で薪を拾ってもらっていいですか？　数日は滞在するので、何本あってもいいです」

「はい！」

「わかりました」

ココアは食料の確認をしてくれている。料理上手がパーティ内にいてくれるとめちゃくちゃ助かる。野宿のときの食事は体力だけでなく心の回復材料でもある。

私はというと、拠点の周囲をぐるっと歩いて地形把握などを行っている。高い岩に登って周囲を見たりして、ゲーム時代と違いがあるか確認しているのだ。今までの経験上、問題ないとは思うけど……現実になった分、やっぱり距離感とかは多少違うからね。実際に確認することは大事だ。

……とはいえ、ひとまず問題はなさそうだね。

空を飛ぶ〈ワイバーン〉も、今のところこっちに下りてくる様子はない。こちらから攻撃しない限りは問題ないだろう。

拠点が整ったら〈ゴロゴロン〉を討伐して、明日以降は〈シルフィル〉や〈ワイバーン〉とも戦う予定だ。

「ん〜、あっという間にレベル40になりそうだね」

レベル40になったら二次職に転職というイベントも待っている。う一ん、やることがたくさんだ！　でも楽しい！

私はワクワクする気持ちで拠点へ戻った。


「後ろから〈ゴロゴロン〉が来たよ！」

「任せろ！　〈挑発〉!!」

ココアの声に、全員が戦闘態勢を取る。ケントはスキルを使って〈ゴロゴロン〉の意識を自分に向けさせ、攻撃を引き受ける。——とはいっても、直線で転がってくるだけの攻撃なので、簡単に避けることが可能だ。

「〈ポーション投げ〉にゃっ！」

「〈ファイアーアロー〉!!」

タルトとココアのスキルが命中し、どんどん攻撃していく。あっという間に倒してしまい、〈ゴロゴロン〉は光の粒子になって消え、その場にはドロップアイテムの〈石〉が残った。その辺に落ちてる石なので価値はない。

「よっし、上手く倒せるようになったな！」

「うん、いい感じ！」

ケントとココアがハイタッチして、〈ゴロゴロン〉を倒せたことを喜ぶ。それを見たタルトとティティアも真似をしていて、これまた可愛い。なお余ったからといって私とリロイがハイタッチをすることはない。

……という感じで、無事に拠点を作った私たちは軽く狩りをしている。本格的な狩りは明日からで、今はパーティの連携などをしっかり確認するための時間だ。

……とはいえ、かなりいい感じなんだよね。

最初は〈深き渓谷〉にビクビクしていたケントたちも肩の力が抜けたようで、今では楽しそうに〈ゴロゴロン〉を倒している。

順調だ順調だと私が頷いていると、不意にタルトの尻尾の毛がぶわっと逆立った。

「にゃにゃっ!?」

「わっ、可愛い妖精さん！」

声をあげたタルトとティティアの視線の先には、本日初めて目にする〈シルフィル〉がいた。大きさは三〇センチほど。緑を基調とした服に黄色とピンクの差し色が使われている、キャラデザに力が入ってます！　と言わんばかりの可愛い風の妖精モンスターだ。

……これは倒しづらそうだね！

「いくぞ、〈挑発〉!!」

と思ったらケントがめちゃくちゃ通常営業で、〈シルフィル〉に斬りかかっていった。頼りになるぅ……！

「えええぇぇえっ、そんな可愛い子を攻撃してしまうんですか……っ!?」

「可愛いからって手を緩めたら、やられるのはこっちだ！　敵の姿に惑わされたら、冒険者なんてやってられねぇ！」

ティティアの言葉にケントが答え、「それに普通に強いし襲ってくるし!!」と叫ぶ。〈シルフィル〉が風魔法を使ってケントに攻撃を始めているので、ティティアはハッとして表情を引き締めた。モンスター相手に可愛いなどと言っている場合ではないと悟ったようだ。

「〈奇跡の祈り〉！　やりました、攻撃力アップです！」

そう言うと、ティティアは〈火炎瓶〉を投げつけた。なんともたくましくなったものです。が、残念なことに火炎瓶は〈シルフィル〉に当たらず外れてしまった。ティティアはガガーン！　とショックを受けている。

〈シルフィル〉は小さいので、〈ゴロゴロン〉に比べると攻撃の命中率が下がる。……戦闘に慣れるまでは、倒すのに少し時間がかかるかもしれないね。

「ティティア様の攻撃を避けるとは……！　〈鉄槌（てっつい）〉!!」

リロイが〈シルフィル〉に聖なるハンマーを落として攻撃している。レベル5なので、実はまあまあ使えるんだよね。ただ、装備によって攻撃力は天と地ほどの差が出る。……リロイが攻撃方面に向かうなら、装備を整える相談をしてもいいかもしれない。

私はタルトに〈女神の一撃〉をかけ、全員に支援をかけ直して、ケントには〈リジェネレーション〉も追加しておく。リロイは〈女神の守護〉をかけ直してくれている。

『キャー！』

耳が痛くなりそうな〈シルフィル〉の高音の叫びとともに、風の刃が飛んでくる。けれど、リロイが〈女神の守護〉をかけてくれているのでへっちゃらだ。

「ココア、とどめをお願い！　〈女神の一撃〉！」

「――！　いきます、〈ファイアーアロー〉!!」

攻撃力が二倍になったココアの攻撃が、見事に〈シルフィル〉を倒した。光の粒子となり消えた場所には、ドロップアイテムの〈小さな花〉と〈薬草〉が残る。

「よっし！」

ケントがぐっとガッツポーズをし、勝てた喜びをあらわにする。初めて遭遇したモンスターを無事に倒せたのは嬉しいよね。わかる。

ドロップアイテムは私の鞄にしまって、私たちはもう少しだけ狩りをして過ごした。

ジュワアアァッと小鍋の中でバターが溶けたのを確認して、私はブロッコリーやキノコ、小さめにカットしたお肉などを入れていく。ん～、バターの香りが暴力的。

「シャロン、調味料は何を使いますか？」

「バターの塩分がいい仕事をしてくれるので、このままパンにつけて食べちゃってください」

「へえぇ、お手軽でいいですね。今度、私もやってみます」

私が作ったアヒージョ風の料理に、リロイが感心している。バターの使用量がえげつないのでカロリーのことを考えるとそっと目を閉じたくなるが、狩りで動いているのでまったく問題ない！

……と、思うようにして食します。

野菜と肉を刺した串を焚火(たきび)で焼いて、それぞれのパンとアヒージョに、チーズも用意している。焚火をぐるりと囲み円になって、私たちはこれから夕食だ。

「「いただきますっ!!」」

パンにアヒージョをつけて、キノコをのせて食べる。めちゃくちゃ美味(おい)しくて、「んんん～！」と言葉にならない声しか出ない。

向かいではケントが肉にかぶりついて、その隣のココアはパンにチーズをのせて食べている。ティティアはアヒージョに目をキラキラさせていて、リロイは串から肉を外してティティアが食べやすいようにしてあげている。今日もお世話がはかどっている。タルトは私の隣で「美味しいですにゃ～！」とお肉をモグモグしている。

しばし一心不乱で食べて、その後はお茶を淹(い)れつつのんびり食べ進めていく。さすがにお酒はないけれど、いつかみんなで酒盛りができたら楽しそうだ。

ちょうど会話が途切れたところで、ケントが全員に向かって「なあ」と声をかけてきた。

「えーっと……。軽く戦闘もこなしたし、ここらへんでちゃんと自己紹介をしたいんだけどいいか？　いや、いいですか……？」

言い直したケントの視線は、ティティアとリロイに向けられている。二人が只者ではないということを察してしまったのだろう。

……いや、私がちゃんと説明すべきだったよね。

私はティティアとリロイに様と敬称をつけて呼んでいるし、二人の装備も上等なものだ。何かしら身分のある人物だということは、割と一目でわかる。

それでも臆せず、私たちに協力してくれたケントは優しい人だ。

「そういえば、結構勢いのまま狩りに来てしまいましたね」

「こっちに着いてからも、強敵との戦いでいっぱいいっぱいだったもんね」

ティティアとココアは顔を見合わせて、あははと笑っている。

……うん。この二人はあまり深く考えてなさそうだ!!

「少し話が長くなりそうなので、お茶を淹れ直しますにゃ」

「ありがとう、タルト」

「いえいえですにゃ～」

タルトは照れながら新しいお茶を淹れてくれた。〈冒険の腕輪〉を手に入れたタルトの鞄には、実は結構いろいろな食料が入っていたりする。おやつとか。

私がリロイに視線を向けると、静かに頷いた。二人のことを話しても問題ないと判断したようだ。

私は小さく深呼吸をして、ケントとココアに改めてティティアとリロイのことを話した。

私とティティアが出会ったきっかけや、ロドニー・ハーバスという人物のことを——。

自己紹介（お話し合い）

「つまり……リロイ様は司教で」

「ティティア様が、教皇……!?」

ケントとココアが驚きを通り越してガタガタ震えてしまった。リロイはともかくとして、ティティアが教皇——この国のトップだとは思ってもみなかったのだろう。可愛い女の子だし、その気持ちはとてもよくわかるよ。

ティティアがそんなケントとココアの前に行き、膝をついてしっかりと目を合わせた。

「黙っていてすみません。わたしとリロイは、ロドニーに支配されてしまった大聖堂を取り返すため、シャロンに協力してもらっているんです」

「大聖堂が……」

ケントはぐっと拳を握りしめて、ゆっくり深呼吸をした。わずかに下を向いて、どうするか必死に考えているのだろう。

乗っ取られた大聖堂を取り返すための戦いは、おそらく激しいものになる。今のレベルでは太刀打ちするのは難しいし、最悪——命を落とすことだってあるかもしれない。軽く決断できるものではないのだ。

……レベル上げが終わったら、ケントとココアには他国に避難してもらった方がいいかもしれないね。

ある程度レベルが上がれば、旅だって問題なくできるはずだ。それこそ、隣国に行って観光がてら剣士系統の二次職に転職するのもいいだろう。私がそう考えていると、ふいにココアがケントの肩にそっと手を置いた。

「そんなに悩むなんて、ケントらしくないよ？」

「ココア、お前な……」

「どうせ答えは出てるんでしょ？　私も、それでいいと思うよ」

クスクス笑いながら告げるココアは、どうやらケントのことはすべてお見通しのようだ。だてに幼馴染（おさななじみ）はしていないね。

ケントは「よしっ」と気合を入れて、顔を上げた。

「俺たちもティティア様を手伝う！　……まだ弱くて頼りないけど、そこはシャロンに鍛えてもらおうと思う!!」

「うん。ここは私たちが生まれた国だもん。悪い奴の手に渡るなんて、まっぴらごめんだよ！」

「――――！」

二人が出した結論に、ティティアとリロイは目を見開いた。正直に話して、ついてきてくれるとは思わなかったようだ。

ティティアはまるで涙を呑（の）み込んだような顔をしてから、胸元で手を組んだ。

「お二人の決意、しかと受け取らせていただきます。……ありがとうございます」

ティティアの言葉に、ケントが首を振って笑顔を見せる。

「いや、俺たちこそ……いつも国を守ってくれてありがとうございます。確かに冒険していろいろ旅してみたいと思うけど、やっぱり俺はこの国が好きだから」

「そう言っていただけると嬉しいです」

全員がこの国を想い、笑顔を見せた。


改めて正式なパーティになった私たちは、これからのことを話し合うことにした。といっても、することは今までと変わりはしない。

レベルを上げて転職し、大聖堂を取り戻す。そして私はこの世界の景色を堪能する！　ということ。ティティアとリロイは一緒に旅するのは無理だろうけど、ケントとココアは広い世界を見たそうだからね。


――さて。問題は、ティティア、リロイ、ケント、ココアにどこまで話すか……ということ。

私が持つゲーム知識は、簡単に教えていいものではない。今までにない概念をぽんと投げ込むようなものだと思っているからだ。

……とはいえ、少人数で大聖堂を奪還するならスキル調整は必須。

私は考えながら、みんなの顔を見る。

まだ出会ってそんなに経っていないのに、ケントとココアは顔つきがだいぶ凛々しくなったように思う。ティティアとリロイは、自分たちの信念のために戦う決意をしている。つまり信じるに値する仲間だ――と、私は思っている。

私は隣でお茶を飲んでいるタルトを見て、声をかける。

「タルト。私はみんなにも腕輪のクエストをしてもらおうと思ってるよ」

「はいですにゃ。この四人なら、大丈夫だと思いますにゃ！」

「うん。私もそう思う」

タルトも私と同じ答えを出してくれたようだ。私たちは頷きあって、〈冒険の腕輪〉の話と、スキルの取得の仕方を話すことに決めた。

「四人とも。今から話すことを絶対に口外しないって誓うことはできる？」

「「「「――!?」」」」

今まで以上に真剣みを帯びた私の声に、四人が息を呑んだ。そんな中、最初に口を開いたのはリロイだ。

「……シャロンがそこまで言う情報があるというのですか？」

「あるんです。きっと、世界が変わりますよ」

私が不敵に微笑んでみせると、リロイがごくりと喉を鳴らす。情報を聞きたくて仕方がないのだろう。

「――わたしは誓います。シャロンから聞いたことは、決して口にはいたしません」

「私も誓いましょう」

最初に誓いの言葉を口にしたのはリロイだ。そして次に同意したのはティティア。すると、すぐにケントとココアも頷いた。

「俺も誓う！」

「私も誓います！」

四人ともが頷いてくれたので、私は腕輪とスキルの話を始めた。最初は「まさか」という表情をしていた四人だったけれど、次第にその顔は真剣みを帯びた。

「……いやいやいやいやいや、待ってくれ、無理だろそんなの――いや、だからシャロンは最初から複数のスキルを使えたのか！」

「確かに、それならシャロンの規格外も納得だね……」

ケントとココアが頭を抱えて、「信じるしかない」と呟く。二人は低レベル時の私のスキルを知っているから、すんなり信じてくれた。ティティアは「すごいですね！」と純粋に信じてくれているが、リロイは若干訝しむ目を私に向けている。ふん、後で事実だったと驚いて〈スキルリセットポーション〉の不味さにのたうち回るといいよ。

「ということなので、まずは全員で二次職になりましょう。その後で大聖堂を取り戻すのがいいと思います。まあ、数日もあればレベルは上がるので大丈夫でしょう」

「いやいやいやいやいやいや？　数日？」

「うん。レベルが40になると二次職になれるでしょ？　ケントは〈騎士〉か〈盾騎士〉だね。〈騎士〉の次は〈竜騎士〉に、〈盾騎士〉の次は〈重騎士〉になれるから、それも踏まえて転職先を決めるといいよ」

「いやいやいやいやいやいや？　え？　〈竜騎士〉に〈重騎士〉？　そんな簡単になれるのか？　いや、待ってくれ、理解が追いつかない……」

ケントは「いやいやいや？」と繰り返している。大混乱だ。

「まあ、悩むのも仕方ないよね。パーティをメインにするなら〈重騎士〉がお勧めだけど、〈竜騎士〉は火力が高くてソロでも戦えるよ」

「そうじゃなくて!!」

ただ、〈竜騎士〉などの覚醒職にはレベルが１００必要なので、そこそこ大変だ。狩場も考える必要があるし、何より装備もいいものを手に入れなければ話にならない。

私が考え込んでいると、ケントが脱力して「はあぁぁぁ」と大きく息を吐いた。

「もうシャロンのことで驚いても仕方ないな」

「そうだねぇ」

ケントとココアがお茶を飲んで、うんうん頷いている。その横ではタルトとリロイもいい笑顔で頷いている。

「ココアの場合は、〈ウィザード〉になって〈アークメイジ〉になる流れと、〈言霊使い〉になって〈歌魔法師〉になるかのどっちかだね」

「でも、そんな簡単に覚醒職になれるなんて……。各国でも、本当に数人くらいしかいないって聞いた気がするんだけど……」

「それくらいしかいないの……!?」

さすがに数人は言いすぎだと思うけれど、ココアの言葉で覚醒職は想像していたよりずっと少ないのだなと実感させられた。でもそうか、ダンジョンだってあまり攻略されていないもんね……。

大聖堂を取り返すことができたら、ティティアたちと〈冒険の腕輪〉の情報共有についてしっかり考える時間を取った方がよさそうだ。そして大勢がダンジョン攻略をしたりして、アイテムや素材の物流がよくなればいいと思う。

とりあえず！

まずはレベル40を目指して頑張るということで話は終わった。ケントから「ひとまず整理する時間をくれ！」と言われたことも大きいが。

〈ワイバーン〉がやってきた！

「……ふう」

焚火の音を聞きながら、私はゆっくり空を見上げる。満天の星が視界いっぱいに広がると、思わず「ほうっ」とため息が出てしまう。

「空気も美味しいし、ここは最高だ～」

私はぐーっと伸びをして、一息つく。後ろを見るとテントが二つあり、そこで男女に分かれて就寝中だ。私、リロイ、ケント、ココアの四人は順番に見張りをしていて、今が私の番。せっかくなので、景色を堪能しているのである。

夜のフィールドは、まだ来る機会があんまりないからね。

焚火でお湯を沸かして、お茶を淹れる。考えるのは、今後のことだ。

「ケントとココアもパーティに加わったし、〈冒険の腕輪〉とスキルの話もしたし……やることがいっぱいだ。ちゃんとスケジュールを立てておかないとね」

当面の目標は、レベル40になって二次職に転職すること。

私はツィレの〈フローディア大聖堂〉で〈ヒーラー〉に。ケントは私の故郷――〈ファーブルム王国〉の〈王都ブルーム〉で〈騎士〉か〈盾騎士〉のどちらかに。ココアはこの国にある〈森の村リーフ〉で〈ウィザード〉か〈言霊使い〉になれる。

だけど二次職に転職する前に、ツィレのルミナスおばあちゃんのところに行って全員分の〈冒険の腕輪〉を作ってもらう。ああ、材料も集めに行かなきゃだね。〈プルル〉と〈花ウサギ〉のドロップと採取だから、別に私がいなくても問題はないはず。私とタルトは、みんなが材料集めしてる間に〈スキルリセットポーション〉の準備をしておこう。

それが終わったら、全員でパーティを組んで少しだけレベルを上げて……ロドニーから大聖堂を取り返す！

……うん、完璧な作戦だ!!

あ！　それと移動手段もほしいね。馬を借りて移動するのもいいけど、やっぱり乗り物アイテムというものは便利なのだ。ただ、入手場所のほとんどがダンジョンなので、結構大変だけど……きっとなんとかなるだろう。いつか。

私がムフーッと鼻息を荒くしていると、「交代の時間です」とリロイがテントから出てきた。欠伸を噛み殺していて、眠そうだ。

「おはようございます」

「……おはようございます。モンスターは出なかったみたいですね」

「平和でしたよ」

頷き、私はリロイのお茶も用意する。

ごく稀にモンスターが来ることはあるけど、一応ここは安全地帯ですからね。優雅に見張りという名の一人作戦会議をしていましたよ。

リロイはお茶を受け取り一口飲むと、息をついた。

「では、見張りを代わりますね。シャロンもゆっくり休んでください。……今日から本格的に狩りをするのでしょう？」

「ありがとうございます。いつも以上に頑張って狩るために、もう少し休みますね！」

「……ええ」

私の言葉にリロイが若干頬を引きつらせたけれど、気にせずテントに戻って眠ることにした。


「うっし、レベルアップ！」

ケントがぐっと拳を握り込んで、声をあげた。足元には、〈ゴロゴロン〉のドロップアイテムが転がっている。

朝ご飯を終えた私たちは、さっそくレベル上げのための狩りに取りかかった。狙うは〈ゴロゴロン〉と〈シルフィル〉の二種類だ。戦うにつれて慣れてきて、狩りのスピードが上がっている。よきよき。

「わたしもレベルアップですにゃ！」

タルトが嬉しそうに尻尾をピンと立てた。隣にいるティティアも、「わたしもさっき上がりました」と喜んでいる。そんなティティアを微笑ましそうに見守っているリロイ。

それからしばらく狩りを続けていると、脳内で《ピロン♪》と音が鳴って私のレベルが35になった。ゲーム時代に比べたら随分とゆっくりだけど、現実世界だと考えるとかなりいいペースだ。

……そろそろ〈ワイバーン〉に手を出してもいいんじゃない？

私がそんなことを考えていると、『キュイイィィッ』という声が聞こえてきた。これはゲームでもよく耳にしていた、〈ワイバーン〉の鳴き声だ。

ケントが「なんだ!?」と声をあげて、すぐに警戒態勢を取る。リロイも支援スキルをかけ直し、周囲に視線を巡らせている。二人とも頼りになる前衛だね。

「今のは〈ワイバーン〉の声だよ。……もしかしたら、誰かが戦ってるのかもしれない」

「〈ワイバーン〉と!?　いや、熟練の冒険者だったら可能……か？」

私の言葉に、ケントが「熟練冒険者すごいな」と呟いてるけれど、私たちだって倒せるよ？　まあ、ソロはまだ無理だからパーティ戦になっちゃうけど。

しかしそんな会話をしていたのも束の間で……。私たちの耳に、微かだけれど助けを呼ぶ声が聞こえてきた。どうやら〈ワイバーン〉と戦っていたわけではなく、〈ワイバーン〉から逃げている人がいるみたいだ。

「お師匠さま！　す、すごい地響きと足音が聞こえてきますにゃっ！」

「すごい地響き……？」

耳をピクピク動かして様子を探っているタルトの声に、私は嫌な予感が頭をよぎる。というか、その可能性しか考えられないんだけど……。

「ど、どうしましょう？　すぐに加勢に行かないと、逃げてる方たちが〈ワイバーン〉に食べられてしまうかもしれません……！」

「あ～、確かに私たち人間なんてペロリと食べられてしまうかもしれませんね」

心配そうにするティティアに私が冗談半分で応えると、ひいっと顔を青くした。

「でも、とりあえず大丈夫そうですよ。ほら」

「え？」

私が指をさすと、全員がその方向へ顔を向けた。見ると、砂ぼこりが舞い上がり、荒い息遣いと、走ってくる人の影が二つ。そしてその背後には、一匹の〈ワイバーン〉と、計二〇匹程度の〈ゴロゴロン〉と〈シルフィル〉がついてきていた。

……やっぱり、地響きは〈ゴロゴロン〉の転がる音だったか。

「うわっ、なんだあれ！」

「あんな数、無理だよ！」

「きっと、〈ワイバーン〉から逃げてるうちにほかのモンスターにも追われちゃったんだろうねぇ」

とても立派なトレインになっている。このままだと私たちも巻き込まれてしまうけど、さてどうしよう？　――そう考えたところで、ティティアが一歩前に出た。

「ミモザ！　ブリッツ！」

「あの二人はティティア様直属の〈聖騎士〉です！」

「――！　それは助けないわけにはいかないね」

ティティアとリロイの言葉を聞き、私はすぐさま「タルト！」と声をかける。

「力技でいくよ！　〈火炎瓶〉を全員に渡して、一気に投げる!!」

「はいですにゃ！」

私の言葉を聞いてすぐ、タルトが〈鞄〉から火炎瓶を取り出してみんなに渡す。〈女神の一撃〉をかける余裕はないけど、全員で投げつければある程度のダメージは与えられるはずだ。

「私は女性に、リロイ様は男性に支援をかけて――〈身体強化〉〈女神の守護〉！」

「――っ、〈身体強化〉〈女神の守護〉！」

「投げるよ！」

私が声をあげると同時に、全員が手に持った〈火炎瓶〉をモンスターの群れに向かって投げつける。私は投げ終わると同時に、タルトに〈女神の一撃〉をかけ――タルトは待ってましたと言わんばかりに、二回目の〈ポーション投げ〉を使う。

「きゃあああぁぁっ！」

「なんだこの爆発は!!」

ミモザとブリッツが叫び声をあげるのを聞きながら、私は二人に支援をかけ直しておく。が、残りは〈ワイバーン〉一匹だけで、〈ゴロゴロン〉と〈シルフィル〉は今の攻撃ですべて倒すことができていた。

……〈ワイバーン〉も瀕死(ひんし)だね。

このまま〈ワイバーン〉狩りの流れに持っていくのがいいかもしれないと思いながら、私はひとまず倒すための指示を出す。

「ケント、前衛をお願い。リロイ様は支援を切らさないようにお願いします。〈ワイバーン〉の攻撃力は高いですから」

「――〈挑発〉！」

「わかりました。〈女神の守護〉」

前衛は二人に任せて、私は後衛を担当する。といっても、することはいつもと変わらないけどね。タルトに〈女神の一撃〉をかけて、あとは高みの見物だ。

「いきますにゃ！　〈ポーション投げ〉！」

「〈女神の一撃〉」

「にゃっ、〈ポーション投げ〉！」

「〈女神の一撃〉――って、倒したね」

「にゃにゃにゃっ」

このまま〈ポーション投げ〉ラッシュをしようとしたけれど、先ほどの攻撃ですでに瀕死だった〈ワイバーン〉は光の粒子になって消えた。地面にはドロップアイテムが落ちている。同時に、私のレベルも上がる。さすが〈ワイバーン〉だけあって、経験値もおいしいね。

そしてそのすぐ近くでは、ミモザとブリッツが座り込んで「へ……？」とぽかんとしていた。

「ミモザ、ブリッツ！　無事でよかった」

「「ティティア様!!」」

ティティアとリロイがすぐ二人のところに駆け寄って、「怪我(けが)は？」などと確認をしている。リロイが〈ヒール〉を使っているので多少の怪我はあったみたいだけど、元気そうだね。よかった。

私は「お疲れ様！」とみんなに声をかけて、支援をかけ直す。当初の予定とは違ったけれど、無事に〈ワイバーン〉を倒すことができてよかった。

〈ワイバーン〉のドロップアイテムは、〈竜の鱗(うろこ)〉と〈破れた竜の翼〉が落ちている。この二つは高確率で落ちるドロップアイテムで、何かの装備かアイテム製作の材料になったはずだ。〈ワイバーン〉は〈咆哮(ほうこう)のブローチ〉というアクセサリー装備も落とすので、できればそれは手に入れたかったりする。効果は火系統の攻撃力＋３％と駆け出しにはありがたい。ココアにちょうどいいと思うんだよね。

「ひぇー、肝が冷えたさすがに……。でも、俺たちでも本当に〈ワイバーン〉を倒せるんだな……。〈火炎瓶〉を使ったから、実力かって言われたらちょっと微妙だけど……」

ケントは自分の手をじっと見つめてから、ぐっと握り込んでいる。わずかに震えているように見えるけれど、恐怖からではなさそうだ。

「みんな無事でよかったですにゃ」

「タルトの〈火炎瓶〉がなかったら大変なことになってたね……」

「お役に立てて何よりですにゃ〜」

みんなが安堵(あんど)しているところ申し訳ないが、私はパンパンと手を叩(たた)く。一度拠点に戻って態勢を整えるのが先だ。ミモザとブリッツの話も聞きたいからね。

「ここにいるとモンスターが来ちゃうから、一回拠点に戻ろう」

「はい。ありがとうございます、シャロン」

リロイが頷き、ミモザとブリッツに「こっちです」と声をかけた。


〈聖騎士〉は、教皇――つまりティティアの直属部隊だ。主な仕事はティティアの護衛だろう。今は満身創痍(まんしんそうい)の様子だけれど、誇り高い騎士の鎧(よろい)に身を包む二人は格好良いと思う。ただ、ティティアを守れなかったことを後悔しているようだ。自分たちは不甲斐(ふがい)ない、と。

「私たちはティティア様をお守りできませんでした……。どんな罰でも受け入れます」

「〈聖騎士〉の地位をいただきながら、ティティア様を逃がすことが精いっぱいでした。自分が恥ずかしいです……」

拠点に着くとすぐ、ミモザとブリッツが膝(ひざ)をついてティティアに頭を下げた。しかしティティアはゆっくり首を横に振った。

「いいえ。二人はわたしを守ってくれました。……ミモザ、ブリッツ、生きてわたしのところに戻ってきてくれてありがとう」

「「ティティア様……！」」

慈悲深い笑みを浮かべるティティアに、ミモザとブリッツが涙目になっている。「ご無事で何よりです」と、何度もティティアの無事を喜んだ。

「お師匠さま、お茶が入りましたにゃ」

「ありがとう」

話したいことは山ほどあるだろうけど、まずは一回落ち着くことが大切だからね。私は〈鞄〉からお菓子を取り出し、全員に座るよう促した。まずは軽く自己紹介だね。

「初めまして。私は〈癒し手〉のシャロン。私の隣から順番に――」

「弟子のタルトですにゃ。〈錬金術師〉ですにゃ」

「俺は〈剣士〉のケント」

「私はココア。〈魔法使い〉です」

と、全員が自己紹介をする。

「私はミモザ。〈聖騎士〉です」

「ブリッツです。同じく〈聖騎士〉で、ティティア様にお仕えしています」

凛とした顔立ちの女〈聖騎士〉、ミモザ。

エメラルドグリーンの瞳が印象的な人だ。金色の髪を編み込んで後ろで一つにまとめ、瞳と同じ色の羽根がついた飾り紐で結んでいる。

服装は〈聖騎士〉の制服だ。純白を基調とし、金の刺繍が施されている。左側には深い青の片マント。教皇に仕える高潔な騎士という雰囲気が伝わってくるかのようだ。

腰にある細身の剣は、〈茨姫のレイピア〉だろう。物理攻撃力が１％増加する装備で、低レベルの間や、装備名が好きで使う人が多かった。


穏やかな表情の〈聖騎士〉、ブリッツ。

青の瞳は優しげで、周囲をまとめるのが上手そうな印象を持つ。アッシュグレーの短髪は前髪を後ろに流している。顔まわりがよく見えて、スマートだ。

ミモザと同じ制服を着用しており、腰には〈両翼の魔法剣〉がある。これは物理攻撃力が３％増加する、そこそこいい装備だ。


どうぞよろしくお願いしますと挨拶を交わし、私はさっそく本題を切り出すことにした。ちんたら話している時間はないからね。

「今、クリスタルの大聖堂にいるのはロドニー・ハーバスだと私たちは認識しています。それは二人とも同じですか？」

私の言葉にミモザが頷いてくれた。

「はい。ロドニーはティティア様から教皇の地位を奪おうと、クリスタルの大聖堂を乗っ取りました。ティティア様に味方する〈聖堂騎士〉たちは、ほとんどが捕らえられて地下牢に入れられています」

「なるほど……」

ティティアの味方がほとんど捕まっていることを考えると、救出する必要もあるね。クリスタルの大聖堂を取り返す前か、すべて終わったあとに解放するかは判断が難しいところだけど……。

私が悩んでいると、ブリッツが「あの……」と口を開いた。

「みなさんは冒険者ですよね？　大聖堂の問題は一筋縄ではいきません。それでも、ティティア様に味方してくれるのですか……？」

「……そりゃあ、私も悩みましたよ。特にケントやココアを巻き込むのはよくないだろう……って。でも、私たちはこの国が、ティティア様が好きですから。協力するって決めたんです」

ブリッツの疑問はもっともだ。ティティアは言うなれば、部下に裏切られたのだから。今までまったく接点のなかった私たちに味方だと言われても、すんなり納得するのは難しいだろう。もしかしたら、私たちがロドニーのスパイという可能性だってゼロではない。

だから私の言葉だけでは弱いかな？　そう思っていたら、リロイが口を開いた。

「シャロンには、私が協力をお願いしたんです。信頼できる冒険者ですよ」

「ええ。シャロンもタルトも、ケントもココアも、とても強くて頼りになる冒険者なんですよ」

ティティアもにっこり笑って、私たちのすごさを語ってくれた。オークに〈火炎瓶〉を投げたくだりは顔を青くしていたけれど、二人とも「素敵な方なのですね」と頷いてくれた。……ちょっと恥ずかしいね。

「……まあ、そんなわけで私たちはロドニーから大聖堂を取り戻します！」

「「はい！」」

私の言葉に、ミモザとブリッツが気合を入れて頷いた。


そして翌日。

ミモザとブリッツが加わったことにより、狩りが劇的に安定した。

「ケント、もっと腰を落として剣を構えるんだ。足だけで動こうとせず、体全体を使って！」

「はいっ！」

前衛が二人増えたこともちろんだけど、ブリッツが戦闘の合間や休憩中にケントに剣の使い方や、前衛としての立ち回り方を指導してくれているのだ。私は大まかな立ち回りを指示することはできるけれど、体の使い方を教えることは難しい。

……ケントは今回で、かなりスキルアップするんじゃないかな？

そして私たち後衛には、ミモザが前衛から見た立ち回り方を教えてくれる。たとえば後ろからモンスターが出てきたらどのように後衛が動けば助かる、攻撃のタイミングはいつ、など。タルトとココアは一生懸命で、いろいろなことを質問している。

すると、ミモザが私を見た。

「……シャロンは、立ち回りも支援も、何もかも完璧ですね……。私が教えることは何もなさそうです。というか、私が教えられる立場ですね……。シャロンの動きを見ているだけで、とても勉強になりますから」

なんてこった。

「というか、本当に〈癒し手〉ですか？」

「本当の本当に〈癒し手〉ですよ！〈ヒール〉〈身体強化〉！ほらね？」

「……確かに〈癒し手〉のスキルですね」

それでもあきらめきれないのか、ミモザが「むむ……」と唸る。すると、タルトとココアがクスリと笑った。

「お師匠さまですから、考えても仕方ないですにゃ」

「私も出会ったときから、シャロンには驚かされてばっかりなんです」

「ちょ、二人とも！」

何を言っているのだと止めようとしたが、それだけでは止まらなかった。

「シャロンはすごいです」

「シャロンのことを言葉で説明するのは難しいですね」

「ティティア様にリロイ様まで!?」

私に対する認識が酷い！

……まあ、この世界の知識がゲームよりかなり遅れている、というのはわかってるけどさ。

「って、ほら！　〈ゴロゴロン〉が二匹来ますよ！」

　こんな談笑をしている場合ではない！　と、私はすぐ戦闘態勢に入る。もっとレベルが上がればいいけれど、今のレベルではちょっとの油断でうっかり死ぬ可能性も捨てきれないんだから！

「ハッ！　そうでしたにゃ！」

「いきます！　〈ファイアーアロー〉！」

「もういっちょ、〈女神の一撃〉!!」

　――こうして、今日もたくさん狩りをすることができた。


　翌日になり、私たちの狩りのメインは〈ワイバーン〉になった。やっぱりここで経験値が一番おいしいのは、〈ワイバーン〉だからね。

「〈ポーション投げ〉、にゃあっ!!」

　タルトが気合の入った声で、飛んでいる〈ワイバーン〉に向けて〈火炎瓶〉を投げつけた。直撃すると墜落してくるので、そこをフルボッコにして倒すのだ。

「よっし、〈挑発〉!!」

「〈ファイアーアロー〉!!」

「もう一回、〈ポーション投げ〉にゃ！」

　そこにブリッツとミモザも通常攻撃を加えているので、倒すのにはあまり時間がかからなくなった。各自のレベルが上がっているというのもあるけれど。

「ふー……。さすがに、ずっとスキルを使ってるのはマナが厳しいや」

ココアが額の汗を拭(ぬぐ)いながら、〈星のマナポーション〉を飲んでいる。マナを回復してくれるもので、タルトが〈製薬〉で作ってくれたのでたくさんある。もっとレベルが上がったら、〈月のマナポーション〉〈太陽のマナポーション〉とグレードアップしていく予定だ。

しかしゆっくりする間もなく、「〈ポーション投げ〉にゃ！」という声が聞こえてくる。タルトはめちゃめちゃやる気になっていて、止まらない。

……私がすぐ〈女神の一撃〉をかけちゃうから、止められないっていうのもあるかもしれないけどね。


それから一〇〇匹を超える〈ワイバーン〉を倒したところで、ケントから「なんだこれ？」と声があがった。

お、もしかしてドロップしたかな？

「なんか、ブローチがドロップしたぞ。知ってるか？」

「はいはい、知ってるよ！　待ってました!!」

ケントが手に持っているのは、予想していた通り〈咆哮のブローチ〉だった。火系統の攻撃力が3％増加するという、そこそこいいアクセサリー装備だ。赤の宝石に長い飾り紐がついているブローチで、紐の先には宝石と竜の爪があしらってある。

私はブローチの性能を説明して、ココアを見る。

「これは火力アップのために、ココアが装備するといいよ」

「確かに、ココアは火のスキルを使っていますね」

私の言葉に、ティティアが頷いてくれた。「綺麗な装飾品ですね」と眺めている。

「みんなが問題ないなら、この装備はココアにつけてもらいたいんだけど……どうかな？」

「俺はいいけど、それ、レア装備だろう？　俺たちじゃ買い取る金がないぞ」

ケントが肩を落としつつ、金銭のことを口にした。

今まではレアなんて出なかったから気にしていなかったけど、わだかまりができちゃうのはよくないね。ゲーム時代は、ほしい人が相場より安く買い取るっていうのが主流だったけど……この世界の相場で考えると……めちゃくちゃ高そうだ。

……ブローチが出るほど〈ワイバーン〉を狩れるパーティなんて、そうないだろうからね。

するとティティアが全員を見回して口を開いた。

「ブローチの効果は、先ほどシャロンが言った通りのようですね。ほしい方はいますか？」

ティティアが問いかけるも、全員が首を横に振った。

「では、わたしから提案です。今はロドニーからクリスタル大聖堂を取り返さなければいけないときです。そのため、戦力の増強は大切なことです。この装備はいったん、今回のことに決着がつくまでココアに使っていただくということでどうでしょうか？　その後、いくらか用意してもらって安く譲ることや、功績として受け取ってもらうこともできると思います」

「いいと思います。今回の狩りのドロップを売ればかなりの金額になりますし、ロドニーを排除することができたら、その功績はかなりのものになるでしょうから」

私が問題ない旨を伝えると、全員が同じように頷いてくれた。

全員の同意を得たことで、今後もレアアイテムがドロップしたときは同じように対処することにした。

「みなさん、ありがとうございます。これからも、精いっぱい頑張ります！」

ココアが頭を下げてお礼を言い、さっそくブローチをつけた。赤色の宝石が、ココアによく似合うね。

こうして私たちはひたすら狩りをして、なんとか全員がレベル40になった。

〈冒険の腕輪〉大作戦

「やった～！　転職だ～！」

頑張って〈ワイバーン〉と戦った結果、全員転職が可能になった。私はレベル41、タルトは43、ティティアは40、ケントとココアは44。リロイは47のままなので、全員でパーティを組むことができる。

……リロイにはずっと肉壁をさせてしまったので、今度何かお礼をしたいところだ。

「まさかこんなに早くレベルが上がるなんて……いや、考えないようにしよう。喜んでおこう」

ケントが悟りを開いたような顔でそう言って、「この後はどうするんだ？」と私を見た。

「転職の前に、まずは〈冒険の腕輪〉を作るよ。材料を各自集めて、ツィレのルミナスおばあちゃんのところに行くんだけど……先にツィレの様子を探った方がいいよね」

私の言葉に、リロイが同意する。

「おそらく、ロドニーの手の者がティティア様のことを捜しているでしょうね」

「ですよね……」

う～～～ん。

〈冒険の腕輪〉を作れるのは、各国の王都など……メインの街だけだ。ここから一番近いのが〈聖都ツィレ〉。次に近いのは、〈桃源郷〉か〈王都ブルーム〉のどっちかなんだけど……〈桃源郷〉に行くには高難易度のダンジョンを通らないといけないし、〈王都ブルーム〉は私が追放されてるから現時点で行くのはよくない。

「ひとまず、ケントとココアの腕輪を先に作ってもらおう。そのときにルミナスおばあちゃんに、ティティアとリロイを夜中にこっそり連れてきていいか確認しよう。昼に行くよりはいいと思うんだよね」

私がそう提案すると、みんな頷(うなず)いてくれた。

ティティア、リロイ、ミモザ、ブリッツはスノウティティアに残り、私、タルト、ケント、ココアの四人でツィレにやってきた。

今回は情報収集も兼ねているので、なんだかいつもより緊張するね。〈冒険の腕輪〉を作り終えたら、〈フローディア大聖堂〉に行ってみる予定だ。

私はお土産のクッキーを持って、ルミナスおばあちゃんの家のドアをノックした。すると、すぐに笑顔のルミナスおばあちゃんが出てきてくれた。

「おや、シャロンとタルトじゃないか。いらっしゃい」

「お久しぶりです。今日はこの二人の腕輪をお願いしたくて」

「ケントです！　よろしくお願いします!!」

「ココアです。どうぞよろしくお願いします」

ドキドキしているらしいケントとココアが、ばっと頭を下げた。腕輪を手に入れるのが、かなり楽しみだったみたいだね。

「もちろんさ。さあ、お座り。今、お茶を淹(い)れようね」

「ありがとうございます」

「ありがとうございますにゃ」


さっそく〈冒険の腕輪〉のくだりを……というところで、ケントとココアは事前に集めておいた素材をテーブルの上に置いた。〈ぷるぷるゼリー〉五個、〈ウサギの花〉三個、〈白花(しらはな)の薬草〉一〇束を二人分だ。

「は～～、私が何か言う前に用意しちまうんだから、最近の子はしっかりしてるねぇ……」

もしかしたら、ルミナスおばあちゃんはクエストのくだりをやりたかったのかもしれない。そうだとしたら申し訳ないね……。でも、先にアイテムを集めておくのはお約束なんです。

私たちがお茶をいただいている間に、ルミナスおばあちゃんは「仕方ないねぇ」と言いながらも慣れた手つきで〈冒険の腕輪〉を作ってくれた。

「ほら、これが二人の〈冒険の腕輪〉だよ」

「「ありがとうございます!!」」

ケントとココアは、目をキラキラさせて出来上がった〈冒険の腕輪〉を手に取った。まるで宝物だと、そう言わんばかりに。

二人が腕輪をつけると、タルトが「使い方を説明しますにゃ」と言って、ルミナスおばあちゃんと一緒に説明をしてくれている。私の弟子、とっても気が利いて優秀だ！

「うわあぁぁ、話には聞いてたけど、本当にすげぇな……」

「信じられない、荷物が全部入っちゃった……」

「わたしも最初は驚きすぎて大変だったですにゃ」

タルトが「わかりますにゃ」と二人の驚きに同意している。ルミナスおばあちゃんも、嬉しそうに二人を見て頷いている。

——さて。ここからがある意味本題だ。

私はお茶を一気に飲み干してから、ルミナスおばあちゃんに声をかけた。

「実は、折り入ってご相談があるんです」

「うん？　どうかしたのかい？」

「……〈冒険の腕輪〉を作ってほしい仲間がいるんですけど、日中に来るのが難しそうで。ルミナスおばあちゃんには負担になってしまって申し訳ないんですけど、夜中に連れてこられたら……と」

あまり深く事情を話すわけにもいかないので、なんともいえない説明になってしまった。これでオッケーをもらえたら、ルミナスおばあちゃんはかなり懐が深いよい人ではないだろうか……。説明が下手すぎて泣きたい。

しかしルミナスおばあちゃんは、真剣な表情で私を見た。

「何か理由があるようだね。そうさね、美味いワインで手を打ってやろうじゃないか」

「いいんですかっ!?」

「ああ。シャロンはもう、私の孫みたいなもんだからね。いつでも遊びにおいでと言っただろう？」

仕方ないねぇと、私を甘やかすようにルミナスおばあちゃんは笑顔を見せてくれた。今度は腕輪が必要じゃないときも全力で遊びに来るから……！　そうだ、行く先々のお土産を持ってこよう、そうしよう。

「ありがとうございます」

ふー。肩の荷が下りたらちょっと気が楽になった。

「ルミナスおばあちゃん、ありがとうですにゃ」

「子供がそんなに気にするもんじゃないよ。……そういえば、シャロンは〈癒し手〉だったね」

「そうですけど、どうかしましたか？」

私が頷くと、ルミナスおばあちゃんは困惑しつつ〈フローディア大聖堂〉のことを教えてくれた。

「実は最近、〈フローディア大聖堂〉へ行くとお祈り金が必要になるんだよ」

「お祈り金!?」

なんじゃそりゃ!!

「え？　あそこって、誰でも無料で入れるところ……ですよね？」

私が驚いて声をあげると、ケントも不思議そうに首を傾げている。そう、あそこはケントが言う通り誰でも無料で使うことができる。もちろん、寄付の受付もしてはいるけれど、強制的なものは一切ない。

……間違いなく、ロドニーがやってるんだろうね。

昔から、悪党はお金が大好きと決まっているのだ。

〈癒し手〉から〈ヒーラー〉に、そして〈アークビショップ〉に。その転職はすべて〈フローディア大聖堂〉で行われる。

これは早急に確認する必要があるね。

「私、すぐ大聖堂に行ってみる！　ケントたちは、タルトと一緒に〈冒険者ギルド〉に行ってもらっていい？　ギルドでアイテムの買い取りをお願い。あと、いらないアイテムの売却も」

「ああ、わかった」

「了解ですにゃ」

大聖堂とギルド、両方の情報が必要だ。タルトはもうギルドでの売買は完璧だから、任せても問題はない。とりあえず〈火炎瓶〉の材料は絶対に必要だ。

「最近の大聖堂は、どうも信用ならないからね……。シャロン、気をつけて行くんだよ」

「はい。教えてくれてありがとうございます、ルミナスおばあちゃん」

「「ありがとうございました」」

「ありがとうございますにゃ」

私たちはルミナスおばあちゃんの家を出て、二手に分かれた。

〈フローディア大聖堂〉は中央広場にある。人通りが多いこともあり、普段は大聖堂に入る人もよく目にするんだけど……以前より、明らかに人の出入りが減っている。ルミナスおばあちゃんが言っていたお祈り金のせいだろう。

「ひとまず、中に入ってみよう」

掃除が行き届いている大聖堂は、いつも清潔だ。その点は変わっておらず、荘厳な雰囲気も健在だが……働いている人――神官や巫女から笑顔が消えている気がする。

私は受付へ行って、巫女に「こんにちは」と声をかけた。

「……ようこそ、〈フローディア大聖堂〉へ。お祈り金は三〇〇〇リズです」

「はい」

内心で高ッ！ と思いながらもお祈り金を払って中へ入る。ここで何か言って私のことを覚えられてものちのち面倒だからね。ちなみに、三〇〇〇リズあれば宿に泊まることができる。

「では、ご案内いたしますね」

「あ、はい……」

どうやら案内してくれるようだ。前に来たときはご自由にという感じだったけど、方針が変わったのかな……？

……まあ、中を見られるなら特に問題はないけど。

――〈ヒーラー〉への転職。

私が〈癒し手〉に転職したときに祈った女神フローディアの像へ祈りを捧げてから司教に声をかけ、クエストを受ける……というものだ。

クエストの内容はおつかい。数人のＮＰＣを癒してくるというもので、人数は三人～五人のうちのランダム。居場所はツィレ内に最低一人、ほかの人は〈エレンツィ神聖国〉のどこかにいる。

ついでに転職クエストも受けちゃおう♪　なんて思っていたら、いつもお祈りしているフローディア像がある部屋を通り過ぎた。

……………ん？

「あの、通り過ぎちゃったみたいなんですけど……？」

「その部屋は閉鎖しておりまして、今は違う部屋でお祈りしていただいてるんですよ」

「えっ」

なんてこった。

少し歩いた先に、開放されている部屋があった。椅子が並んでいて、女神フローディアの像はあるけれど、先ほどの部屋のものより小さい。

「ここでお祈りいただくことができます」

ここはゲーム時代、大聖堂に勤める聖職者たちが祈りを捧げる部屋の一つだった。祈る場所であることに変わりはないが、特別な部屋ではないし、クエストも発生しない。

「案内ありがとうございます。……あの、今までお祈りしていた部屋はもう入れないんですか？」

「そうですね……すべて教皇様からのお達しなので、私たちにはわかりません。フローディア様の像はとても貴重なものなので、安易に開放してはいけない……というお考えのようです」

「……確かに素晴らしい像でしたからね」

巫女の言葉からもわかるように、今回のことはロドニーが主導で行っているようだ。神聖国だというのに、どんどんきな臭くなっていく。

あの女神像の前で祈るということは、のちのちの転職に関わってくる。〈ヒーラー〉だけではなく、〈アークビショップ〉になるにも像の前で祈らなければいけないからだ。

……ロドニーは、自分の手の者にだけその場を開放するということ？　もしくは、莫大な代金を要求する可能性もあるね。

転職までの道のりは地味に長そうだと、私は軽くお祈りをして大聖堂を後にした。


「お待たせ～！」

「にゃっ！」

私は手を振りながら、タルト、ケント、ココアの三人と合流する。合流場所は、中央広場の〈転る。

移ゲート〉だ。タルトはギルドや道具屋でいろいろと買い物ができたらしく、ほくほく顔をしてい

「たくさん素材を買えましたにゃ！」

「本当？　よかった。〈火のキノコ〉とか、どうだった？」

「最近はぼろ布がたくさん手に入って、キノコが足りなくなってたので……買取金額を上げておいたんですにゃ。そうしたら、いつもよりたくさんありましたにゃ！」

おお、それは重畳（ちょうじょう）！

「〈火炎瓶〉の材料は私たちの生命線でもあるから、ありがたいね」

「はいですにゃ」

そんなところに水を差すようで申し訳ないけれど、私は大聖堂の状況を説明する。ロドニーの支配下に置かれ、〈ヒーラー〉に転職することができなくなっている……と。ただ、これについては対策も考えてはある。

私の話を聞いた三人は、口を開いて驚いている。まさかそんな事態になっているとは思わなかったのだろう。

「いや、話を聞く限り嫌な奴なんだろうとは思ってたけど……立ち入り禁止にまでするのか」

「困る人がたくさん出てきそうだね」

「お師匠さまは、どうするつもりですにゃ？」

「それは、あとで相談するよ。こんなところで話すようなことじゃないしね」

私たちは頷いて、一度スノウティアへ馬で戻った。


「ふー。馬に乗るのも、もう楽勝だ」

道中で一晩野宿をし、なんなくスノウティアへ戻ってくることができた。馬は自分たちで勝手に厩舎に帰ってくれるので、あとは宿に戻るだけだ。

私がそう思っていると、ケントたちがゲートに触れてこちらを見た。

「本当にこれで街の移動ができるようになるのか？」

「信じられない……」

二人の言葉に、それはまぁ確かにと私も思う。ゲートをくぐれば、馬で二日かかる道のりが一瞬になってしまうのだから。

「それなら、三人でツィレとスノウティアを行き来してみたらどうかな？　なんなら、〈牧場の村〉も登録してきていいよ」

「それは楽しそうですにゃ！　でも、そんなに時間の余裕はありますにゃ？」

確かに今は大聖堂がロドニーの支配下に置かれていて、時間的な余裕は少ないだろう。しかし、だからこそ行動範囲を広くしておくことは大事だと思っている。何かあったとき、選択肢が多いほど逃げやすく、できることが増える。

……それに、〈牧場の村〉はケントとココアの故郷だからね。ゲートの登録ついでに顔を出したら、ご両親も喜んでくれるはずだ。

私がそう説明すると、ケントが「なるほど」と頷いた。

「俺、〈盾騎士〉になることにしたんだ！　だから、近いうちに転職場所の〈王都ブルーム〉に行く必要があるだろ？　村のゲートに登録しておいたら、移動も楽だと思う」

「確かに！」

ケントの提案にココアが頷いて、「他の国のゲートも登録したいね」と楽しそうに話している。わかる。私もこの世界すべてのゲートに登録したいと思ってるからね！

「じゃあ、わたしたちはこのままツィレに戻りますにゃ？」

「そうしよ——あ、一応ギルドで〈火炎瓶〉の材料が入荷してないか確認した方がいいんじゃないか？」

「そうでしたにゃ。ギルドに寄ってからツィレに戻って、そのあとお師匠さまたちと合流するのがいいかもしれませんにゃ」

「決まりだな」

タルトとケントがサクサクとこの後のことを決めてくれた。二人が優秀なので、とても頼もしいね。

ここで解散して、私はティティアたちの待つ宿へ向かった。

宿に到着すると、ティティアとリロイが迎えてくれた。ミモザとブリッツの姿は見えない。出かけているようだ。

「ただいま戻りました」

「おかえりなさい、シャロン。大事ありませんか？」

「無事に戻られて何よりです」

リロイがお茶を用意してくれたので、さっそくツィレでの出来事を二人に報告した。ルミナスおばあちゃんの良い報告、大聖堂の悪い報告だ。

話を聞いたリロイは、こめかみを押さえてため息をついた。

「思ったよりも、ロドニーの行動が早いですね。自分の味方か、莫大な金額を積まなければ女神フローディア像の部屋へ入れないつもりでしょうね」

「それは……〈フローディア大聖堂〉の私物化ではありませんか。あそこは女神フローディアに純粋な祈りを捧げる場だというのに……」

ティティアが表情を歪め、ロドニーのしていることに心を痛めている。ティティアのように、純粋に国のことだけを考えられる人がどれほどいるだろうか。早くティティアが教皇の椅子に戻れればいいなと思う。

お茶を飲んで一息つくと、リロイは私を見た。

「このままでは〈ヒーラー〉に転職できませんよ。シャロンはどうするつもりですか？」

「夜中に侵入しようと思ってますよ」

「シャロン!?」

リロイの問いかけにそう正直に告げると、ティティアが目を見開いて声をあげた。ぷるぷる震えながら、「なんということを考えるのですか……」と言っている。

……不法侵入だからねぇ。

私は苦笑しつつも、やめるつもりはない。二次職になるのはこの後のロドニーとの戦いでは必要になってくるし、これから〈アークビショップ〉や〈聖女〉にだってなるつもりなのだ。それに、リロイだって〈アークビショップ〉になるには女神フローディアの像の元へ行かなければならない。

ティティアとは逆に、リロイは「そうするしかありませんね」と頷いた。

「リロイまで……。しかし、そうするほかないことはわたしにもわかります。ですが、夜の大聖堂に侵入などできるのですか？」

不安そうにするティティアの問いに答えてくれたのは、リロイだ。

「……以前、街の地下にある下水が大聖堂に繋がっていると聞いたことがあります。そこを通れば、なんとかなるかもしれません」

「そんな道があるのですか」

リロイが告げた下水は、もちろん私も知っている。ゲームでは、実はクエストの一つに夜の大聖堂に侵入するというものがあったのだ。その場所と道順はしっかり覚えているので、今回はそこを使わせてもらおうと思っている。

……問題は、臭そうってことかな……。

私がにおいのことを考えて遠い目をしている間に、リロイが地図を広げていた。

「ここから下水に入ると、大聖堂に繋がっているはずです」

「こんなところから行けるのですね」

においのことを考えている場合ではなかった！　私もすぐに地図に目をやって、リロイの説明を聞く。ゲームで一度通ったとはいえ、現実になったこの世界では何か変更があったりするかもしれないからね。

ただ、ざっと確認した感じ問題はなさそうだ。

「決行はいつにするつもりですか？」

「二人が〈冒険の腕輪〉を作ってる間に、行ってこようと思います」

とりあえず祈りだけ捧げてしまえばいいので、その後すぐに合流して、ティティアとリロイに転移ゲートの登録をしてもらい朝を待ってタルトたちと合流し街を出る。そんな作戦を伝える。

「わかりました。しかし下水はモンスターも出てくるので、ミモザを連れていってください。多少の戦力にはなるはずです」

「ありがとうございます。……そういえば、二人はどちらに？」

私が首を傾げて問いかけると、リロイが二人は情報収集に出かけているということを教えてくれた。

「といっても、ほかの〈聖騎士〉から連絡がないかの確認ですが」

「なるほど」

ちなみに〈聖騎士〉の二人も腕輪を作ってもらう予定だ。ティティアとリロイが行く前に作ってもらい、腕輪の安全面などを確認するらしい。

……ティティアがつけるものだから、事前に確認しておきたいっていうことだね。さすがは護衛だ。

ミモザとブリッツが戻り次第、私たちはツィレへ出発することにした。

お約束の不法侵入

私、ミモザ、ブリッツはそれぞれ馬に一人乗り。ティティアはリロイに乗せてもらっている。そんなかたちで、私たちはスノウティアからツィレに向けて出発した。

私以外はそのままだと目立つので、装備が見えないようにしっかりした外套を羽織ってもらっている。ティティアとリロイは、街の中ではフードもかぶってもらう予定だ。


無事にツィレに到着した私たちは、いつもとは違う宿を取り、これからの段取りを話し始めた。

「私は今からミモザとブリッツを連れて、腕輪を作ってもらいに行ってきます。ティティア様とリロイ様は、絶対に宿から出ないように気をつけてもらう感じで……」

「シャロン。その呼び方ではわたしだとばれてしまいます。よければ、ティーと呼んでいただけませんか？　言葉遣いも、丁寧なものでなくて構いません」

「ティー様、ですか？」

「ただのティーでいいですよ」

確かに街中で「ティティア様」と呼んだら一発で正体がばれてしまう。これからはティーと呼ぶのがよさそうだ。しかも言葉遣いも崩していいみたいだ。

「私のことも、リロイと呼び捨ててください」

……テンションが高くなったときとかは、結構崩れちゃってたけどね。

「わかったよ、ティー、リロイ」

私が頷いて呼ぶと、ティティアは嬉しそうに笑った。

それから、ティティアは袖の〈魔法の鞄〉からポーション瓶を取り出した。その中には透明な液体が入っていて、瓶には光り輝き降り注ぐ星があしらわれている。間違いなく、〈聖なる雫〉だ。

ゲーム時代はまあまあレアなアイテムで、それなりに値がついていた。

「これは、以前いただいた〈空のポーション瓶〉を使ってわたしが作ったものです。闇属性の攻撃なら、どんなものでも一度だけ無効にすることができます。シャロン、持っていてください」

「え!? いや、それはティティア様――ティーが持っていた方がいいと思いま、思うよ」

私は〈癒し手〉なので、何かあってもある程度は自分で回復することができる。それに、私よりティティアが狙われることの方が多いだろう。しかしティティアは譲りそうにないのでリロイを見てみると、苦笑して頷いた。

……どうやら、ティティアとリロイの間で話し合いは済んでるみたいだね。

「ありがたく頂戴します」

「はい」

私が受け取ると、ティティアは嬉しそうに微笑んだ。

――そして、夜。

私は大聖堂へ行く前に一度タルトたちと合流して、〈防護マスク〉を貸してもらった。これがあれば、下水の悪臭から自分を守ることができる！

ということで、私とミモザは二人で下水の通路を進んでいる。下水は薄暗く、わずかな明かりを放つ魔導具が壁にいくつか設置されているだけだ。水路の横に細い通路がある造りになっていて、何ヶ所かでほかの水路と繋がっている。天上からは水がぽたぽたと落ちてきていて、通路に水たまりを作っているのが目に入った。そしてちょろちょろ歩くネズミ――〈ビッグマウス〉の姿も。

「見た目はあれですが……これは快適ですね」

「うん。持っててよかった〈防護マスク〉」

これは予備も含めてもっと手に入れておいた方がいいかもしれないね。ロドニーの件が片付いたら、マスク集めをしよう。

私は歩きながら、ミモザを見た。

「〈冒険の腕輪〉はどう？」

「素晴らしいの一言につきます。なんというか、もう……なんと言っていいかわからないくらいです……」

ミモザは語彙力が消失したようだ。

……でも、腕輪を持つとそのありがたみがよくわかるよね。タルトたちを見ていれば一目瞭然だ。腕輪のあるなしで、人生が大きく変わると言ってもいいだろう。

「あの……。ティティア様だけではなく、私やブリッツにまで腕輪の情報をいただいてよかったのですか……？」

おずおずとした様子で、ミモザが私に問いかけてきた。

「すごく悩みました」

ミモザとブリッツはティティアの直属の騎士ではあるが、私はつい先日会ったばかりなのだ。信用できるかと言われたら、難しいだろう。

だから私が信じるに値する人物は、ほかにいる。

〈聖騎士〉という職業は、ちょっと特殊だ。

転職するためには、〈教皇〉に心から忠誠を誓わなければならない。そのため、〈教皇〉を裏切ることができないのだ。力量はともかくとして、ティティアの絶対的な味方であることは間違いない。

「でも、私はティーを信頼していますから」

「……ありがとうございます。ティティア様も、シャロンのような方がいて心強いことでしょう」

「いえいえ。……っと、そろそろ目的地の近くですね」

人がいるとは思えないけれど、極力静かに進んだ方がいいだろう。私が口元に指先を当ててみせると、ミモザも真剣な表情で頷いて口を閉じた。

ときおりチュチュッと〈ビッグマウス〉が鳴くけれど、このモンスターは非アクティブなので襲ってくることはない。だから私も一人で大聖堂へ侵入するつもりだったのだけれど、ミモザがいてくれるのは正直ありがたくはある。

……もし見つかって戦闘になったら、私じゃ戦えないからね……。

少し先の天井から、わずかに明かりがもれている箇所を発見した。その横の壁に梯子があるので、そこから登って中へ入ればいいのだろう。

「あそこから大聖堂の中に入れるみたいですね」

私はミモザの言葉に頷く。うん、ゲーム通りだ。私たちは先ほどより慎重に、足音を立てないように近づいて、そっと耳を澄ます。明かりがついているので、誰かいるかもしれないからだ。

しばらく待ってみたが、話し声は聞こえてこない。

……誰もいないっぽい、かな？

私が梯子に手をかけると、それをミモザが仕草で制した。どうやらミモザが先に中の様子を確認してくれるようだ。音を立てず梯子をのぼり、天井に耳を近づけて中の様子を探っている。その後、問題ないと判断したようで、天井の蓋になっている部分を少しだけ持ち上げて中を覗いた。

「……人はいないようです」

「よかった」

ミモザは完全に蓋を開け中に入ると、手を差し伸べて私が入るのを手伝ってくれた。さすがは騎士様、女性だけどイケメンです……！

立ち上がった私は〈防護マスク〉を外して、周囲を見回した。

私たちが入った場所は、大聖堂の厨房横にある倉庫だった。野菜などの食料が棚に並んでいて、わずかにいい匂いがしてくる。横目でキッチンを見ると、何か作っているようだった。夜食か何かだろう。

夜中なんだから寝ててくれればいいのに……。

幸い料理をしている巫女はこちらに気づいていないので、私たちは出入り口になっている蓋にカーペットをかぶせて、厨房とは反対側の扉から倉庫を出た。

廊下に出ると、わずかな明かりはあるが、しんとして物音一つしない空間が広がっていた。深夜のピリリとした空気が肌に刺さる。

「こっちです」

ミモザが小声で指をさして、先導してくれる。私は頷き、周囲に人がいないかに細心の注意を払いながら彼女の後に続く。すると、拍子抜けするくらい簡単に女神フローディアの像のある部屋へ到着した。

……あっさり着いちゃった！

が、鍵がなくて扉が開かない。そりゃそうか。鍵くらいかかってるよね。さてどうすると私が悩んでいると、ミモザが鍵を取り出してあっさり扉を開けてしまった。

……はい？？？

「ミモザさん、その鍵は……」

「リロイ様から、大聖堂の鍵の予備を預かってきたんです。ここから出るときに、持ち出したと言っていました。予備の鍵は普段確認もしないので、そうそうばれることはないだろうと言っていましたよ」

リロイの用意周到さに若干呆れつつも、今回は気にせず感謝することにした。まったく、食えない男だよ……。


祈りの間は、私が以前来たときと特に変わりはなかった。正面には、相変わらず美しい女神フローディアの像が静かに佇んでいる。

……ああ、やっと〈ヒーラー〉の転職クエストを進めることができるね。

私はゆっくり歩き、像の前で跪く。

「女神フローディアよ、私に試練をお与えください」

そう言って祈ると、私の眼前にクエストウィンドウが現れた。


【二次職業への転職】

あなたの修練の努力を認めましょう。

司教から困っている人の情報を得て、あなたの力を示しなさい。

——よし！

これで司教に話をしてクエストを進めれば、私は〈ヒーラー〉になることができる。

しかしそのとき、「誰だ！」と男の声が響いた。

「——！　いけない、見つかりました!!」

「やばっ！」

すぐに逃げようとするも、出口は男が立っている扉だけだ。私はせめて顔を見られないよう、〈鞄〉から外套を取り出してフードを深くかぶる。ミモザも同様だ。


「まさかネズミが入り込むとは……」

低い声が祈りの間に響くのと同時に、男が手にしていたランプが周囲を照らす。

白を基調とした法衣に身を包んでいるので、聖職者だということはすぐにわかった。年は四〇歳台といったところだろうか。下っ腹が出ているので、おそらく運動は苦手だろう。隙をつけば、簡単に逃げ出せるかもしれない。

……これなら、ミモザが対処できるかな？

私がそう考えていると、男は「何が目的だ？」とこっちを睨みつけてきた。しかしすぐに、フローディア像を見て「ああ……」と笑う。

「そうか、フローディア像が目的だったか」

男の言い方を考えると、きっと女神フローディア像に祈りたいという声が多く大聖堂に届けられているのだろう。

普段から信仰している人もそうだし、特に〈癒し手〉は転職するためにはどうしても祈りたいはずだ。

……私も、その手の人と同じだと思われてるってこと？

と思ったけれど、今は転職のために来たのでまったく同じだった。

「……私は〈ヒーラー〉になりたいので、フローディア様へ祈りを捧げたくてここへ来たのです。どうか、以前のようにこの部屋を開放してはいただけませんか？」

私が嘆願の声をあげると、男は薄汚く笑った。

「女神フローディアなど、なんの役にも立たぬではないか。この像は近いうちに撤去する予定だ」

「な……っ！　それは横暴ではありませんか!?　この像は、ツィレに住む人――いいえ。この世界に住む多くの人が愛している像です!!」

撤去するなんて、とんでもない!!

私が声を荒らげたので、ミモザが小声で「抑えてください！」と私の肩を掴んだ。危ない、白熱してしまった。

「ふん、愛などくだらない。これからはルルイエ様の時代がやってくる。今、教皇様がお迎えに向かっているからな。……さて、お前たち。この者を捕らえよ！」

「――〈聖堂騎士〉！」

私たちが話をしている間に、夜番だったらしい三人の騎士がやってきた。剣と盾を持ち、こちらににじり寄ってくる。

「――〈身体強化〉〈リジェネレーション〉〈マナレーション〉〈女神の守護〉……突破できますか？　ミモザ」

「もちろんです。一気に駆け抜けるので、ついてきてください」

頼り甲斐のあるミモザの言葉に頷き、彼女の「いきます！」というかけ声とともに地面を蹴り上げ走り出した。

ミモザは私の何倍も速いスピードで、まるで踊るように宙を跳んだ。そして澄んだ美しい声が祈りの間へ響く。

「〈聖なる裁き〉!!」

繰り出されたミモザの剣は、細身のレイピアだ。しかしその威力は侮ることなかれ、いとも簡単に〈聖堂騎士〉を倒してしまった。さすがは〈聖騎士〉だ。

男は騎士たちが倒れたのを見て、一歩下がった。それを見逃すミモザではない。剣を下から振り上げ、男を斬り裂いた。わずかに血しぶきが飛びはしたけれど、命までは奪っていないようだ。

「行きましょう」

「うん」

私とミモザは全力で走り、〈フローディア大聖堂〉を後にした。

「はぁ、はぁ、はぁっ、はーっ」

「はっ、はっ……」

私とミモザはどうにかして宿へ戻ってきたが、全力疾走してきたので、息を整えるのに時間がかかる。

宿には、タルト、ケント、ココア、ティティア、リロイ、ブリッツが揃っていた。ティティアたちは無事に〈冒険の腕輪〉を手に入れることができたようだ。

タルトは心配した様子で、冷たい水を用意してくれた。

「お師匠さま、ミモザさん、大丈夫ですにゃ？」

「ありがとう」

「助かります……」

ごっごっごっと勢いよく飲み干して、「ぷはーっ」と息を吐く。先ほどまでの緊張がほぐれたのか、一気に体から力が抜けた。このままベッドに倒れ込んで眠ってしまいたい……。

「二人が無事でよかったぜ。俺たちは〈牧場の村〉でゲートの登録を終わらせたぞ。ティーとリロイにも、ツィレのゲートの登録はしてもらってる」

「！　ありがとう、ケント。いろいろやってくれたんだね」

「ああ。俺もタルトに教えてもらったんだ」

あとはツィレ以外の街のゲートも登録すれば、もしものときに逃げやすくなるだろう。うんうん、順調でいいね。

「シャロンとミモザが無事でよかったです。大聖堂はどうでしたか？」

「その様子だと、何かあったのでしょう？」

ティティアとリロイの問いかけに、私とミモザは大聖堂でのことを話した。

話を終えると、最初に反応を示したのはケントだ。頭をガシガシかいて、「無事でよかったよ、まったく」と大きく息を吐いた。横ではティティアが必死で頷いている。

リロイは指を口元に当てて、男が「これからはルルイエ様の時代がやってくる。今、教皇様がお迎えに向かっているからな」と言った真意を考えているようだ。

「ルルイエ様を迎えに行くなど、いったい何を言っているのでしょうか。理解できません」

「闇の女神ルルイエを信仰する……ということでしょうか？」

「女神フローディアの像を撤去すると言っていたので、新しく置くルルイエの像を取りに行っているとかでしょうか？」

ブリッツとミモザも自分なりの考えを口にして、うーん……と悩んでいる。なるほど、ルルイエの像を置くという解釈もあるのか。

——でも、私は男の言葉をそのまま受け取った。

闇の女神ルルイエは、ダンジョン〈常世(とこよ)の修道院〉で祀(まつ)られている。その場所は、ここ〈エレンツィ神聖国〉の南にある。〈牧場の村〉よりもっと南に行き、〈暗い洞窟〉か〈焼け野原〉のどちらかを通らなければ辿(たど)り着かない場所だ。強いモンスターが出てくるので、難易度の高いフィールドだ。

さすがに一次職のままでは厳しいけれど、二次職になれば修道院へ行くこともできるだろう。それでもレベル的には厳しいので、道中は回復薬を使いまくったレベリングになるけれど……。

ちなみにルルイエは、そのダンジョンのボスだ。

……ボスを連れてくることなんてできるのかな？

そんな疑問が脳裏に浮かんだけれど、きっとクエスト的な感じで連れてくることができるのだろう。ゲームのときも、シナリオではルルイエが登場していた気がする。

「……シャロンが何か知ってそうだな」

「ハッ!?」

私が考え込んでいる間に、ケントたちはああだこうだと話し合いを続けてくれていたようだ。しかし黙った私を見て、何か知っていると察してくれたらしい。みんなの視線が私に突き刺さっている……。

「えーっと。結論から言うと、私たちはすぐ二次職になってさらにレベル上げをしないと駄目そうです」

「「「!?」」」

私の言葉に、全員意味がわかりませんが？　という顔をしている。ついこの間までワイバーンでレベル上げをしていたから、またかと思われてしまったのかもしれない。

咳払い（せきばら）をし、私はその理由を説明する。――ルルイエのいる修道院が、どれだけ大変な場所なのかということを。

「適正レベルが60以上のダンジョン!? そんなの、無理すぎるだろ……！」

「一番レベルが高い私でも、47ですからね……」

一気に全員のテンションが下がる。

今のレベルは、一番高いリロイが47、ミモザは42、ブリッツは43で、私たち一次職組とほとんど変わらないのだ。そのため、ギルドでパーティ登録をしてある。

「とはいえ、ロドニーだってそう簡単にルルイエの元に辿り着くことはできないと思う。まだ猶予はあるはずだよ」

私がそう言うと、リロイが頷いて詳しく話す。

「〈聖堂騎士〉といえど、そこまで高レベルの人間は多くありません。スキルによっては、レベルほど強くない場合もあります。ダンジョン攻略も、通常は何日もかけて行うものです。ある程度、長期戦を見込んでいるはずです」

「じゃあ、俺たちはロドニーが攻略する前に二次職になって食い止める必要があるってことか」

「そうなるね」

本当なら一緒に二次職のクエストを受けに行ってあげたかったけれど、みんな別々に行って、転職してから合流するのがよさそうだ。

私はケントとココアを見て、二人に二次職になるためのアドバイスをする。

「ケントとココアは、二人で一緒に行動するのがいいよ。まずは〈王都ブルーム〉に行って、ケントは〈盾騎士〉に。転職クエストは、ブルームのお城の近くにある騎士団の詰め所で受けることができるよ」

「わかった。お城近くの騎士団だな」

ケントよりもココアの方が転職クエストを受ける場所に行くのが大変なので、前衛のケントが先に二次職になっていた方が行動しやすいはず。

「私は〈言霊使い〉になろうと思っています！」

「ココアは言霊を選んだんだね。うん、いいと思うよ。転職クエストを受ける場所は、スノウティアの近くにある〈森の村リーフ〉だよ。道中の〈雪の森〉は別名迷いの森っていうんだけど……地図を描くから、それを頼りに進んでみて」

「ありがとう、シャロン」

簡単にではあるけれど、森の地図と転職場所を描いてココアに渡す。これがあれば、なんとか辿り着くことができるだろう。ふう。

「あとは、私の問題か……」

「ロドニーの部下のほかに、何か問題が？」

私の呟きに、リロイが首を傾げた。私が女神フローディアの像に祈ったことは伝えたけれど、司教と話せずクエストを進められていないことはまだ伝えていない。

「実はかくかくしかじかで……」

「なるほど……って、かくかくしかじかではわかりませんよ」

「ちぇ。司教様とお話しできなかったので、〈ヒーラー〉になるために助けるべき人たちがわからないんですよ」

これは詰んでいる。私が涙目でそう伝えると、リロイは「なんだ、そんなことでしたか」と言った。そして、私の眼前に表示されるクエストウィンドウ。

【二次職業(ジョブ)〈ヒーラー〉への転職】
司教はあなたに救ってほしい人がいると頼んできました。
あなたの力で、人々を助けましょう。
〈聖都ツィレ〉ピコ
〈牧場の村〉モリー
〈雪原〉マルイル

……そういえばリロイも司教だったね。

「ありがとうございます」

リロイのおかげで〈ヒーラー〉へ転職することができるようになったので、ほっと胸を撫(な)でおろした。クエスト内容も、ありがたいことに難易度はそこまで高くない。

……というか、〈牧場の村〉のこの人って……。

私がクエストウィンドウを見ていたのが気になったらしく、ケントが「シャロン？　何か見えてるのか？」と声をかけてきた。

「ああ、ごめん。私の〈ヒーラー〉への転職クエストが進んでるから、その情報を見てたの」

「そうだったのか。確か、この国で回復を必要としてる人に支援をする……だったか？」

「そうそう」

私は頷いて、じっとケントを見る。この〈牧場の村〉のモリーは、ケントの母親だったはずだ。以前立ち寄った際に、ケントの話をしたので覚えている。

このクエストの対象になる人は、大抵軽い怪我をしているだけで、命に別状があるようなことはない。とはいっても、クエスト対象が自分の母親だと言われたら不安にもなるよね。どうしよう、伝えた方がいいだろうか？　私が考え込んでいると、ケントが「シャロン？」と私の名前を呼んだ。

「そんな難しそうなクエストなのか？」

「あー、いや、大丈夫だよ。その……モリーさんの名前があったから」

考えた結果、私は伝えることにした。ケントは後でモリーさんから聞くことになるかもしれないので、それなら言ってしまった方がいいだろう。

すると、ケントとココアが「あっ！」と声をあげた。

「そういえば、母さん仕事中に足を捻ったって言ってたな」

「歩けないほどじゃないからって、特に気にしてはいないみたいだったけど……」

「なら、その怪我を私が癒してあげたらよさそうだね」

捻挫（ねんざ）あたりだろうか。あまり深刻そうでなくてよかった。

転職の話はこれくらいにして、私はタルトに合図をする。実はお願いしていたアイテムがあるのだ。

「はいですにゃ」

「これは……？」

タルトはテーブルの上に、人数分の〈スキルリセットポーション〉を並べた。

リロイをはじめ、全員が見慣れない瓶に視線を向けた。タルトがそれを全員に配る。私とタルトはすでにスキルの調整をしているので、地獄の苦しみを味わう必要はない。

「これは〈スキルリセットポーション〉ですにゃ。飲むと、今まで取得していたスキルがすべてリセットされますにゃ」

「「「――っ！」」」

全員が驚愕（きょうがく）で目を見開いた。今まで自動で取得させられていたスキルを自身で振り直せるのだから、その驚きは言わずもがな。

「それぞれどんなスキルを取りたいかよく考えてから、再取得してください。とはいえティーのスキルはわからないことも多いから……大変ではあるけど、何度かやり直ししてもいいかもしれないね」

私はそう言いつつも、ただ素材が手に入りづらかったりするのであまり数は用意できないことだけ伝えておく。もちろん、素材を手に入れてきてくれたらタルトが喜んで〈製薬〉してくれるだろうけどね。

みんな真剣な表情で〈スキルリセットポーション〉を手にしている。

「……まずは私が飲んでもいいですか？」

「もちろん」

一番に名乗りを上げたのは、ブリッツだ。

〈スキルリセットポーション〉の蓋を開けて、においをかいでから……一気に飲み干して――盛大にむせた。

「んぐっ、ふっ……！」

「あああっ、頑張って飲んでください!!　吐き出すなんてもったいない！　私はうずくまるブリッツの横にしゃがんで、「一気に飲み込んでください!!」とエールを送る。

「……っ、はぁ、はぁ、はっ……。こんなすごいものは、初めて口にしました……」

遠い目をしているブリッツを、口元に手を当ててドン引きしているリロイが見ている。残念ですがあなたも飲むんですよ、リロイさん。ミモザはブリッツに水を用意してあげていて、ティティア、ケント、ココアはこれから自分が飲むことを想像して青い顔をしている。

水を飲み干したブリッツはミモザに礼を述べて、〈冒険の腕輪〉を使った。

「本当にスキルがリセットされています!!」

「すげぇ……！」

ブリッツの声に、ケントが瞳をキラキラさせた。ケントは先輩冒険者たちからよく話を聞いている勉強家なので、きっと取得したいスキルもほぼ決まっているのだろう。

「次は俺が飲みたい！」

ケントが勢いよく手を挙げて立候補したが、別に全員一緒に飲んでも構わないんだけど……。私は苦笑しつつも頷いた。

そして一気に飲み込んだケントも撃沈した。

ここまでいい反応をしてくれると、ちょっと楽しくなってくるね。私は、によっと笑って、リロイに話しかける。

「やっぱり次はリロイの番じゃないですか？」

すると、リロイは「仕方ないですね」と言って〈スキルリセットポーション〉を一気に飲み干した。

そしてすぐ、〈冒険の腕輪〉で自分のスキル画面を確認したようだ。

「間違いなく、すべてのスキルがリセットされていますね」

「……それはよかったです」

真顔で一気に飲み干したリロイは、もしかしたら味覚がおかしいのかもしれない。別につまんない反応だなんて思ってはいないよ？

その後は不味（まず）さに悲鳴をあげつつ女性陣が飲み終え、スキルの取得タイムになった。私はユニーク職の〈教皇〉以外はすべて把握しているので、覚醒職を視野に入れたうえでスキル取得の相談に乗った。

ケントはパーティで戦闘することを前提に、壁として戦える前衛のスキルに。ココアはケントと二人でパーティを組むときのことも考え、攻撃スキルを取りつつ転職後は多少の支援スキルも使えるようになりたいらしい。いいバランスだと思う。

ブリッツは防御を重視しつつ、一撃必殺の重い攻撃スキルを。その分、ミモザは複数の攻撃スキルを取得した。

リロイはティティアの側（そば）に仕えるということを考え、支援はもちろんだが、多少の攻撃手段も選択したらしい。何かあったとき、絶対にティティアを守るという気持ちがよくわかる。

結構いい感じになったのではないかと思う。

「残るはティーのスキルだけど……私も明確にこのスキルを取った方がいいとはアドバイスできないんだ。知らないスキルばかりだから」

「はい」

私の言葉に、ティティアは真剣な表情で頷いた。

「もう少し考えてみます。……タルトに〈スキルリセットポーション〉の予備ももらったので、いろいろなスキルを試したいと思います」

そう言ったティティアは不味さを思い出したらしく苦い顔をしていたけれど、私は「それがいいと思うよ」と全力で同意しておいた。

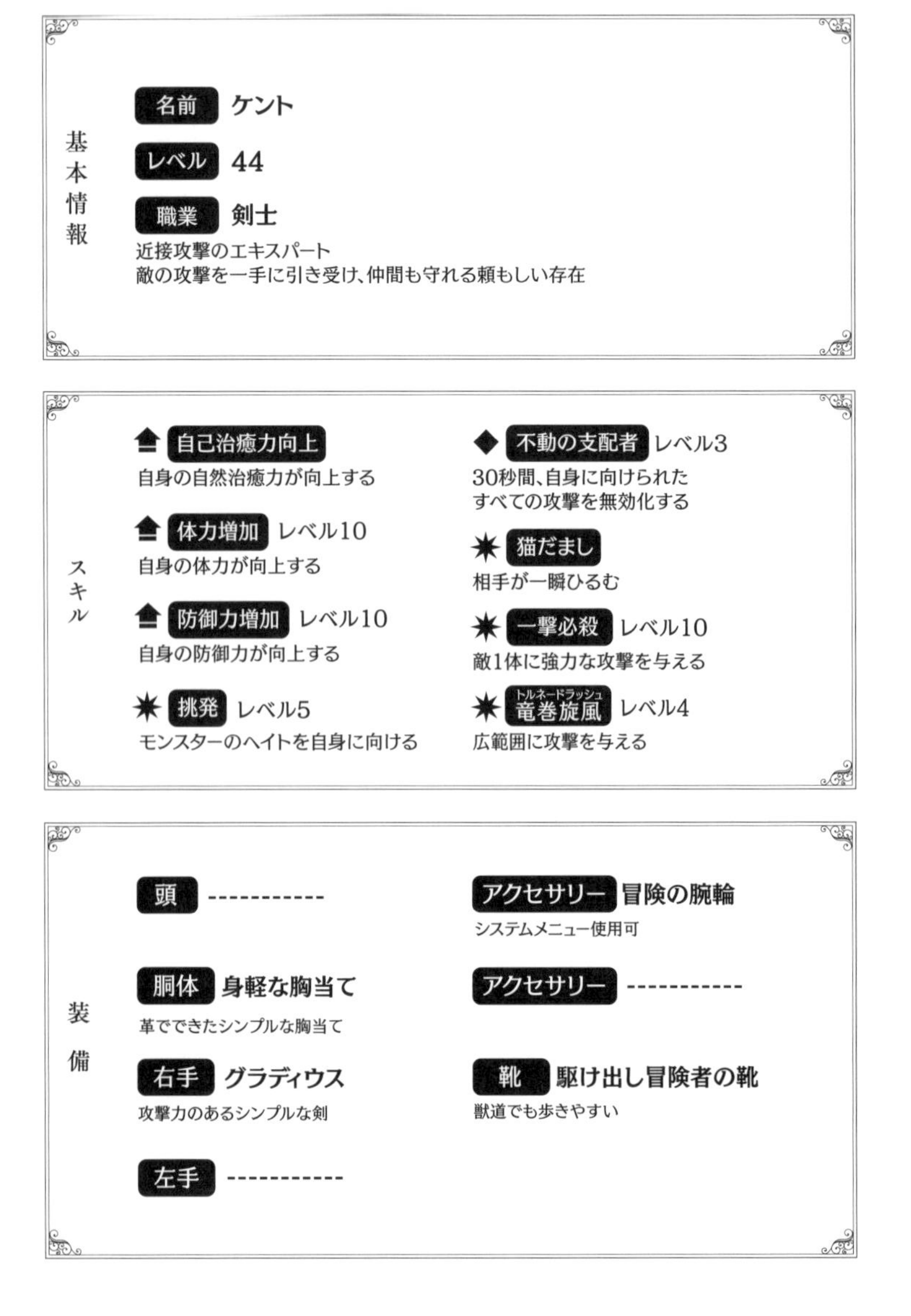

基本情報

名前 ケント

レベル 44

職業 剣士

近接攻撃のエキスパート
敵の攻撃を一手に引き受け、仲間も守れる頼もしい存在

スキル

自己治癒力向上
自身の自然治癒力が向上する

体力増加 レベル10
自身の体力が向上する

防御力増加 レベル10
自身の防御力が向上する

挑発 レベル5
モンスターのヘイトを自身に向ける

◆ 不動の支配者 レベル3
30秒間、自身に向けられた
すべての攻撃を無効化する

猫だまし
相手が一瞬ひるむ

一撃必殺 レベル10
敵1体に強力な攻撃を与える

竜巻旋風(トルネードラッシュ) レベル4
広範囲に攻撃を与える

装備

頭 -----------

胴体 身軽な胸当て
革でできたシンプルな胸当て

右手 グラディウス
攻撃力のあるシンプルな剣

左手 -----------

アクセサリー 冒険の腕輪
システムメニュー使用可

アクセサリー -----------

靴 駆け出し冒険者の靴
獣道でも歩きやすい

基本情報

名前 ココア

レベル 44

職業 魔法使い

多様な属性を使う魔法のエキスパート
高火力で敵を殲滅する、パーティに1人はほしい存在

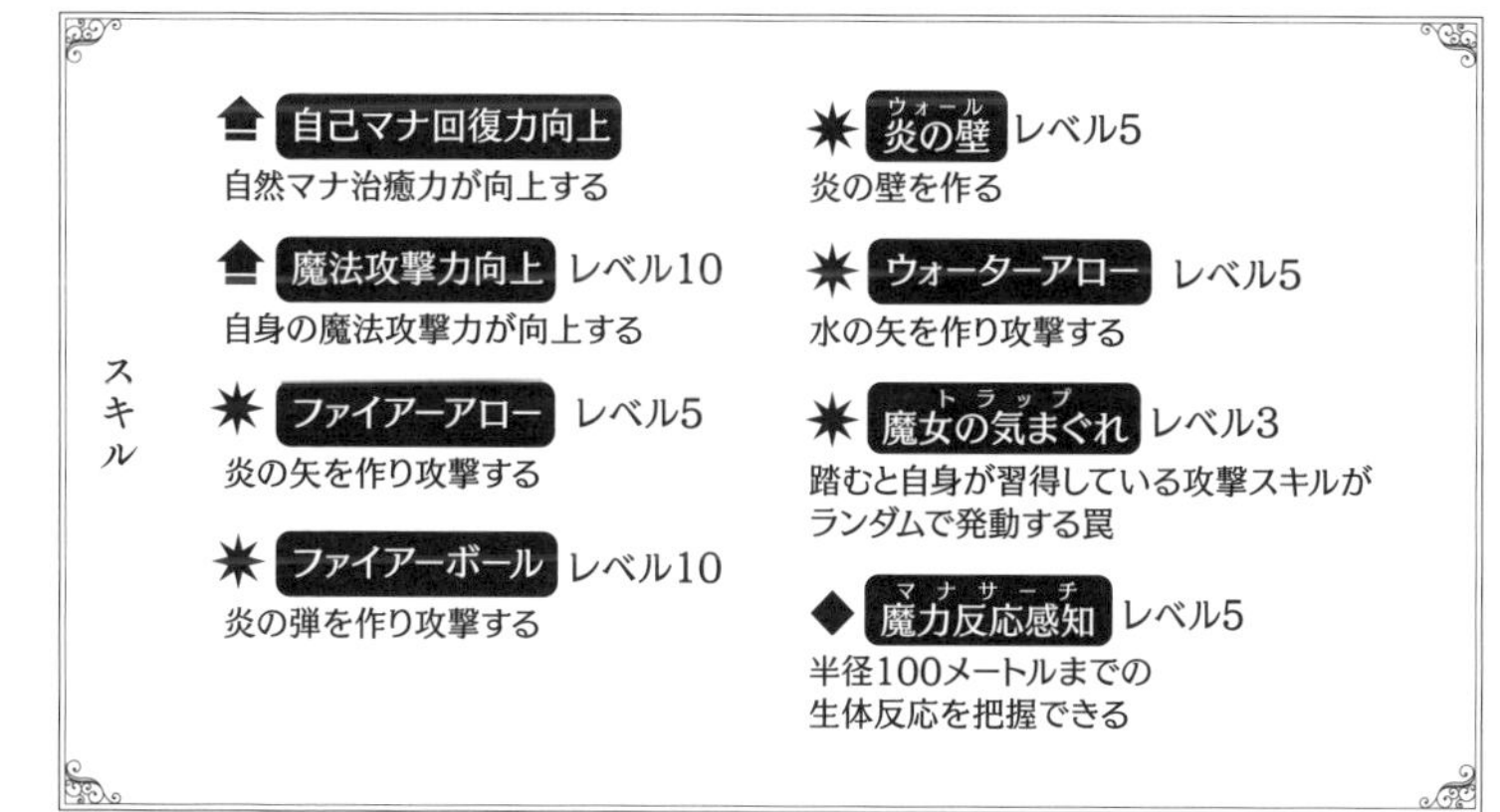

スキル

自己マナ回復力向上
自然マナ治癒力が向上する

魔法攻撃力向上 レベル10
自身の魔法攻撃力が向上する

ファイアーアロー レベル5
炎の矢を作り攻撃する

ファイアーボール レベル10
炎の弾を作り攻撃する

炎の壁（ウォール） レベル5
炎の壁を作る

ウォーターアロー レベル5
水の矢を作り攻撃する

魔女の気まぐれ（トラップ） レベル3
踏むと自身が習得している攻撃スキルが
ランダムで発動する罠

魔力反応感知（マナサーチ） レベル5
半径100メートルまでの
生体反応を把握できる

装備

頭 マジックハット
魔法攻撃力 3%増加

胴体 リボンのローブ
可愛い魔法使い用のローブ

右手 魔法使いの杖
魔法攻撃力 3%増加

左手 -----------

アクセサリー 冒険の腕輪
システムメニュー使用可

アクセサリー 咆哮のブローチ
火系統の攻撃力 3%増加

靴 駆け出し魔法使いの靴
疲れづらい

基本情報

名前 ブリッツ

レベル 43

職業 聖騎士

〈教皇〉に絶対の忠誠を誓う
主を守るためならば危険など厭わない強い意志を持つ

スキル

教皇への誓い
教皇に逆らうことができない

体力増加 レベル3
体力が向上する

攻撃力増加 レベル3
攻撃力が向上する

防御力増加 レベル3
防御力が向上する

教皇の使徒 レベル5
すべての能力が向上する

裁きの代行者 レベル5
使用するのに1分間のタメが必要だが
自身の次の攻撃力を3倍にする

聖なる裁き レベル10
聖なる力で強大なダメージを与える

◆ 聖なる盾 レベル8
聖なる盾が周囲を守る

♥ 聖なる祈り レベル5
女神フローディアに祈り対象を回復する

装備

頭 -----------

胴体 聖騎士の制服
物理防御 2%増加

右手 両翼の魔法剣
物理攻撃 3%増加

左手 聖騎士の盾
物理防御 5%増加

アクセサリー 冒険の腕輪
システムメニュー使用可

アクセサリー 聖騎士のブローチ
魔法防御 1%増加

靴 聖騎士のブーツ
物理防御 2%増加

聖騎士シリーズ(3点)
回復スキル 3%増加
物理防御 1%増加
魔法防御 1%増加

基本情報

名前 ミモザ

レベル 42

職業 聖騎士

〈教皇〉に絶対の忠誠を誓う
主を守るためならば危険など厭わない強い意志を持つ

スキル

教皇への誓い
教皇に逆らうことができない

体力増加 レベル3
体力が向上する

攻撃力増加 レベル7
攻撃力が向上する

防御力増加 レベル3
防御力が向上する

教皇の使徒 レベル5
すべての能力が向上する

聖なる裁き レベル10
聖なる力で強大なダメージを与える

聖なる祈り レベル3
女神フローディアに祈り対象を回復する

女神の一閃 レベル10
眼前にいる複数の対象を攻撃する

装備

頭 純白の髪留め
お洒落な髪留め

胴体 聖騎士の制服
物理防御 2%増加

右手 茨姫のレイピア
物理攻撃 1%増加

左手 -----------

アクセサリー 冒険の腕輪
システムメニュー使用可

アクセサリー 聖騎士のブローチ
魔法防御 1%増加

靴 聖騎士のブーツ
物理防御 2%増加

聖騎士シリーズ(3点)
回復スキルに 3%増加
物理防御 1%増加
魔法防御 1%増加

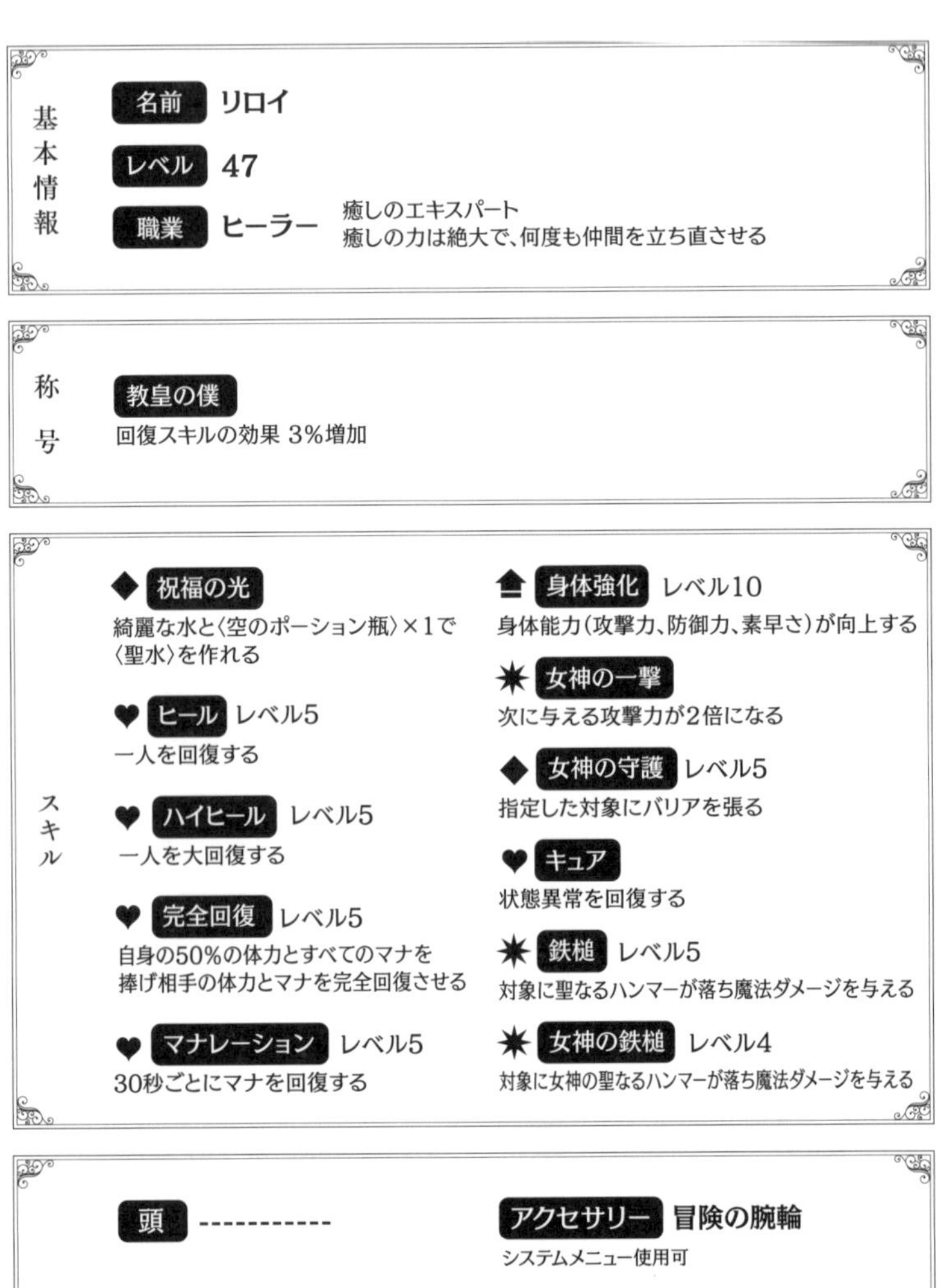

基本情報

名前 リロイ

レベル 47

職業 ヒーラー
癒しのエキスパート
癒しの力は絶大で、何度も仲間を立ち直させる

称号

教皇の僕
回復スキルの効果 3%増加

スキル

◆ **祝福の光**
綺麗な水と〈空のポーション瓶〉×1で〈聖水〉を作れる

♥ **ヒール** レベル5
一人を回復する

♥ **ハイヒール** レベル5
一人を大回復する

♥ **完全回復** レベル5
自身の50%の体力とすべてのマナを捧げ相手の体力とマナを完全回復させる

♥ **マナレーション** レベル5
30秒ごとにマナを回復する

身体強化 レベル10
身体能力（攻撃力、防御力、素早さ）が向上する

✷ **女神の一撃**
次に与える攻撃力が2倍になる

◆ **女神の守護** レベル5
指定した対象にバリアを張る

♥ **キュア**
状態異常を回復する

✷ **鉄槌** レベル5
対象に聖なるハンマーが落ち魔法ダメージを与える

✷ **女神の鉄槌** レベル4
対象に女神の聖なるハンマーが落ち魔法ダメージを与える

装備

頭 -----------

胴体 祈りのローブ
回復スキル 1%増加

右手 祈りの杖
回復スキル 2%増加

左手 -----------

アクセサリー 冒険の腕輪
システムメニュー使用可

アクセサリー お洒落な飾り紐
ティティアがプレゼントしてくれた飾り紐

靴 巡礼の靴
聖属性 2%増加

〈ヒーラー〉へ転職

朝になるのを待って、私は〈転移ゲート〉を使って〈牧場の村〉へやってきた。久しぶりに一人で行動しているので、なんだか不思議な感じだ。

ケントとココアは、転職のため私の祖国〈ファーブルム王国〉へ旅立っていった。ケントの転職後、ココアの転職のため〈森の村リーフ〉へ行く予定だ。

タルト、ティティア、リロイ、ブリッツ、ミモザは、〈氷の街スノウティア〉へ向かっている。こっちはゲートの登録を行うための移動だ。ちなみにタルトには、スノウティアで素材の買い取りなどいろいろしてもらって、大量の〈製薬〉をお願いしておいた。これから回復薬をたっつっつっくさん使うことになるだろうからね。

〈牧場の村〉は畜産を行っていることもあり、朝が早い。住民の多くはすでに働き始めているようで、活気のある声が響いている。

「えーっと、ケントに聞いた感じだと……朝は牛の世話をしてることが多いんだっけ？」

私はクエストの一人目、ケントの母親のモリーを探して村の中をうろついてみる。すると、牛の乳しぼりをしているモリーを発見した。

足を少し痛めてるっていうのに、めちゃくちゃ働いてるぅ……！

仕事の邪魔はあまりしたくはないけれど、治してあげた方がモリーも楽になるし、仕事もはかどるよね。ということで、声をかけた。

「おはようございます、モリーさん！」

「ん？　シャロンじゃないかい！」

モリーは私のことを覚えていてくれたみたいで、「久しぶりだね、元気そうでよかったよ！」と笑顔を見せてくれた。

「今、ケントとココアとパーティを組んでくれてるらしいね。こないだやっと帰ってきたから、話を聞いたんだよ」

「ケントたち、すっかり一人前の冒険者ですよ。頼りにさせてもらってます」

「そうかい？　そう言ってもらえると嬉しいねぇ。馬鹿な息子だけど、よろしく頼むよ」

こないだケントたちが帰省したことがよっぽど嬉しかったらしく、モリーのマシンガントークは止まらない。

「ちゃんとご飯を食べてるか心配してたんだけど、家にいたときよりちゃんと食べてるみたいなんだよ。体を作るためには、食べ物が大事！　って言ってね」

「確かに、ケントはよく食べてますね」

体を大きくするために肉を食べる！　とたくさん食べていたのを思い出す。肉にはたんぱく質がたっぷりなので、鍛錬したり狩りに行ったりした日はたくさん食べるのが好ましい。

……私もせめて筋トレくらいはしようかな？

ご飯の話に脱線してしまったが、私がすべきはモリーの捻挫(ねんざ)の治療だ。

「そういえば、モリーさんは体の調子はどうですか？　足を痛めてたみたいだって、ケントが心配してましたよ」

「やだよ、あの子ったらそんなこと言ってたのかい。別に大した怪我(けが)じゃないんだけどね……」

そう言うと、モリーは右足首を触って、「ちょっと捻(ひね)っちゃったんだよ」と苦笑した。

「別に普通に歩けるし、しばらくすれば治るから問題ないよ」

「でも、痛いことは痛いんですよね？　私は〈癒(いや)し手〉ですから……回復魔法を使ってもいいですか？」

「そういや、シャロンは〈癒し手〉だったね。でも、いいのかい？　マナは大事だろう？」

「大丈夫ですよ」

心配そうにするモリーに、私は微笑(ほほえ)む。この世界では、目には見えないけれど、スキルを使う際に自身のマナを消費する。そのため、〈癒し手〉たちに回復魔法をかけてもらうときは、それなりの金額が発生することがほとんどだ。軽い怪我の場合は、自然治癒に任せることも少なくない。

「いきますね……〈ヒール〉」

「ああ、痛みがなくなったよ。ありがとう、シャロン」

「いえいえ」

モリーがお礼を言った瞬間、クエストウィンドウが立ち上がり、モリーの名前のところに〝済〟

のマークがついた。

これで残りは〈聖都ツィレ〉ピコと〈雪原〉マルイルの二人だね。

「……っと、そろそろ行きますね。今度はケントたちと一緒に遊びに来ます！」

「ああ、ちょっと待ちな。お礼になるかわからないけど、うちで作ったチーズと牛乳を持っておいきよ」

「いいんですか!? ぜひ!!」

農場で作ってるチーズと牛乳なんて、最高に美味しいに決まっている……！ 間違いないやつだよ……！

私が食い気味に返事をすると、モリーは目を瞬かせたあと大きく笑って「嬉しいねぇ！」と言ってたくさんのチーズと牛乳をくれた。ケントにも分けてあげよう。


ゲートを使ってツィレに戻ると、私は少しだけ街中で買い物をした。そしてお昼過ぎの時間になるのを待ち、中央広場へ向かった。

……クエストのピコは、お昼過ぎに出てくるキャラなんだよね。

しばらくすると、数人の子供たちが走って広場へやってきた。その中の一人——ツインテールの女の子がピコだ。

子供たちは何やら走りまわって遊んでいるようで、大変元気いっぱいのご様子。私にもあんな時代があったな〜〜〜なんて思わず懐かしくなってしまう。

うっかり見守り態勢に入っていたら、ピコがおでこから豪快に転んでしまった。あれは痛い！

私は慌ててピコに駆け寄った。

「うわあああぁぁぁんっ」

「大丈夫!? 〈ヒール〉！」

私がスキルを使うと、ピコの怪我はすぐに癒え、涙も止まった。よかった。ゲームだとあっさり「怪我しちゃった」と言うだけのシーンでも、現実になると大変心臓に悪うございます。

ピコは自分のおでこを触って怪我がないことを確認すると、ぱああっと笑顔になった。

「お姉ちゃん、ありがとう！」

「どういたしまして。気をつけて走ってね」

「うん！」

一緒にいたピコの友達も「姉ちゃんありがとー！」と言って、またみんなで駆けていった。うん。子供は元気が一番だ。


ピコたちを見送った私は、さて次はどうするかなと考える。残りは、〈雪原〉にいるマルイルという人だ。

この〈雪原〉というのは、スノウティアの近くとその西――つまり現在地から北西と北東にある。これだと広すぎて見つけるのは至難の業だが、マルイルの出現ポイントというものが実はある。

「とりあえず、スノウティアから行ってみようかな……？」

私はゲートを通り、スノウティアへ移動した。

マルイルという人物は、研究者だ。この世界のことを研究していて、各地を旅しているという設定だった。

「だからマルイルがいる場所は、歴史的建造物とか、変わった気候の場所とか、そういうところが多いんだよね」

私がまず向かったのは、スノウティアから出て南東の雪原だ。ここは東に進むとオーロラの丘という場所があり、観光スポットにもなっている。ただモンスターはそこそこ強いので、それなりの腕か、護衛が必要だ。

マルイルはオーロラを見に行きたかったのか、この雪原にいるときはオーロラの丘へ行くちょっと手前で行き倒れている。

とりあえず、行ってみよう。

馬を借りて街道を走り雪原フィールドに入ると、すぐのところにワンコ処があった。ここは馬ではなく、騎乗可能な大型の犬をレンタルしてくれるお店だ。ちなみに今まで乗ってきた馬の一時預かりもしてくれる。

「いらっしゃい！」

「一匹お願いします！」

「はいよ。コタロー、おいで」

ワンコ処のお兄さんが呼ぶと、首に唐草模様の風呂敷を巻いた犬がやってきた。

見た目は秋田犬に似ていて、白と茶色の毛並みで、つぶらな瞳の可愛い子。ちなみに大きさは二メートルほどあるので、二人くらいなら乗ることができる。背中には鞍と鐙がついているので、初心者でも乗りやすい。

『わふーん』

「よしよし、可愛いぞ〜！　丘の近くまで行って引き返してきたいんだ。少しの間だけど、よろしくね」

私がコタローを撫でながら告げると、お任せあれ！　という感じに頷いてくれた。ある程度は人間の言葉がわかるみたいだ。


「ひゃ〜〜っ、速い！」

『ワンッ』

太陽の光がキラキラと反射する雪原の中を、コタローは思いっきり駆けていく。私は前傾姿勢になりながらも、周囲を観察する。

雪原には人が造った道はないけれど、ある程度人の行き来があるからか雪の中にわずかに道ができていて面白い。

息を吐くと白く、寒さで睫毛が凍った。――雪国、恐るべし！

それから三〇分ほど走ると、マルイルスポットに到着したけれど――残念ながら不発。

「ちぇー、そうとんとん拍子にはいかないか」

運がよければマルイルが行き倒れていただろう場所の近くを見てから、私はさらにその先を見つめる。

大岩があり、その先が〈オーロラの丘〉なのだ。

……この先は強いモンスターがいる丘。〈癒し手〉の私じゃ倒すことはできないけど……ちょっと覗（のぞ）くくらいなら、別にいいんじゃない？

そう思った私は、自身に〈身体強化〉と〈女神の守護〉をかける。一瞬だけオーロラを見てすぐに戻ってくれば――イケる！

「コタロー、一瞬で戻ってくるからちょっと待っててね」

『わう』


コタローが元気に頷いてくれたので、私は意を決して大岩の向こう側に足を踏み入れた。そして眼前の上空に広がる神秘的なオーロラ――。

「うわ、すご……っ」

今は昼間だけれど、濃い色のオーロラが幾重にも重なっていて、幻想的なドレスのようだ。

私は感動で思わず息をするのも忘れてしまったけれど、ガッと衝撃が走ってハッとする。バリアに何かがはじかれた音だ。見ると、〈雪の狩人〉が私を弓で狙っていた。このままだと、さらに攻撃がくる。

「逃げるが勝ちっ！」

私は急いでコタローの待つ雪原へ戻った。


一ヶ所目が不発だったので、私は二つ目のマルイルの行き倒れポイントに向かうことにした。

しかし雪原と雪原の間に街道をはさんでしまうので、いったんコタローとはお別れだ。私はワンコ処でコタローを返却し、預けていた馬を引き取った。

「ばいばいコタロー、また一緒に雪原を走ろうね！」

『わう！』

「ありがとうございました～！」


「あ！　お師匠さま！」

「タルト！」

私が馬で街道を走って次の雪原に向かっていると、スノウティアに向かっているタルト、ティティア、リロイ、ブリッツ、ミモザに出会った。

「まさかこんなところで会うとは思いませんでした」

「ティーも元気そうでよかったです」

私はクエストで北西の雪原に向かっていることを説明した。ちなみにすでに二人の治療は終わったと告げたらタルトとティティアがめちゃくちゃ褒めてくれて、癖になりそう……。

すると、ブリッツとミモザが真剣な表情で私を見た。

「北西の雪原って、そこそこ強いモンスターが出ますよね……？」

「私たちは何度か訓練で行ったことがあるけど、厳しい場所よ」

どうやら二人は行ったことがあるようで、一人で行くのはやめた方がいいのでは？　と、私のことを心配してくれている。

とはいえ、ティティアたちがスノウティアへ行ってから一緒に――というのは、時間がもったいない。それに、私にだって作戦がないわけではないのだ。

「犬を借りて、〈女神の守護〉をかけながら強行突破しようかなあと思ってます！」

「「無謀すぎます！」」

「なんて恐ろしい作戦を立ててるんですにゃ、お師匠さま!!」

全員に却下されてしまった。なんということでしょう。

「でも、今は時間が惜しいですし……。全員で移動するほど余裕はないですよ」

だから多少厳しくとも今回は一人で向かう旨を伝えると、リロイが「それなら」と口を開いた。

「タルトと一緒に行くのがいいと思います。幸い〈遅延のポーション〉は予備を含めて何本か預かっていますし、離れても問題はないですよ」

「……そうね。それに、素材が必要なら私が代理でギルドに行ったり、お店で購入したりすることだってできるから」

リロイの後にミモザも続いて、二人で一緒に行ってくるよう勧めてくれた。さらにアイテムの購入などもしておいてくれるようだ。

「ありがとうございますにゃ！　お師匠さまの敵は、私が〈ポーション投げ〉で倒しますにゃ！」

「タルトがとっても頼もしい～！」

ということで、私はタルトと一緒に北西の雪原へ行くことになった。

「わあ、もふもふですにゃ～！」

「さすがワンコ処、いい仕事するね～！」

私とタルトは雪原に入ってすぐ、ワンコ処で犬をレンタルした。今回は先ほどとは違う犬種で、ハスキー犬だった。黒と白のボディは引き締まっていて格好良いが、適度なもふもふ感もあって最高だ。

それぞれ一匹ずつで、タルトのハスキー犬は穏やかな表情をしているハナコという名前の子で、私のハスキー犬はキリリとした百戦錬磨の顔立ちでムサシというらしい。名前だけでも強そうだ。

……一緒に戦ってくれたりしないかな？

雪原を駆け抜けながら、タルトが私を呼ぶ。

「どこまで行くんですにゃ？」

「えーっと……ここから半日くらい駆けた場所かな。〈眠りの火山〉の麓にいると思う」

「はいですにゃ！」

タルトの元気いっぱいな返事に頬が緩む。

ここの雪原に出てくるモンスターは、〈一角雪狼〉〈雪の狩人〉〈スノーマン〉〈雪狼〉の四種類。

一番強いのは〈一角雪狼〉で、〈雪狼〉を従えていることもある。そのことから、実は親子なのでは？　とプレイヤーたちが盛り上がっていたけれど、明確な説明はない。

ということで、モンスターを見かけるとタルトが戦ってくれる。

「〈ポーション投げ〉です、にゃっ！」

タルトがふんっと勢いよく投げると〈火炎瓶〉は弧を描いて飛んでいき、こちらに向かって走ってくる〈雪狼〉三匹を一気に倒した。

いつの間にか、タルトの投擲が強くなってる気がする。飛距離も伸びているようなので、今後の成長にも期待できそうだ。

ドロップアイテムを拾いながら進んでいくと、私たちとは違う犬の足跡を見つけた。

「近くに人がいるみたいですにゃ」

「冒険者かな？」

この先はずっと続く雪原か、その途中に私たちも目当ての〈眠りの火山〉があるだけだ。街や村は存在しないので、いるとしたら冒険者かよっぽどの変わり者……もしくはマルイルのような研究者くらいだろう。

「かもしれませんにゃ。でも、盗賊かもしれませんにゃ」

「盗賊……！　それは遭遇したくない相手だね」

確かに山に盗賊が住み着いているのはファンタジーでは鉄板展開だ。そう簡単に負けるつもりはないが、こちらはか弱い女子二人。回避するのがいいだろう。

「ムサシ、この足跡とは離れながら進んでくれる？」

『わうっ！』

「ハナコ、お願いしますにゃ」

『わんっ！』

二匹ともとても賢くていい子だ。私はムサシの頭を撫でて、足跡とは違う道を進んだ。


——と思っていたんだけど、目的地が同じだったようだ。

〈眠りの火山〉の麓に着いたのはいいけれど、相手もそこにいた。まだ山に登らず、何か話し込んでいるみたいだ。

「人の話し声がしますにゃ」

「だね」

盗賊ならさっさと山の中に入ってくれたらいいのに。そう思っていたが、私の目に飛び込んできたのは盗賊ではなかった。

雪に溶け込んでしまいそうな、司教の白い法衣。それから、幾人かの騎士たち。中には、外套(がいとう)のフードを深くかぶって顔が見えない人もいる。ただ服が見えないので、騎士かはわからない。

「〈聖堂騎士〉!? それに、法衣を着た若い男……」

恐らく二〇代だろう。もしかしたらロドニーかと思ったけれど、リロイの話では六〇歳を超えているということだったので、別人だ。

私たちは気づかれないように、彼らに近づいていく。大きな岩の陰に身を隠して、耳を澄ませる。

「ロドニー様がルルイエ様をお迎えする間に、私たちは確実に女神フローディアを処分しなければいけません」

「「「はっ！」」」

司教の言葉に、騎士たちが敬礼を行った。

――女神フローディアの処分？

いったい何を言っているのだろうと、私は困惑する。現段階でわかっていることは、この司教とロドニーが別行動をしていて、ロドニーはルルイエを、この司教はフローディアに関する何かをしようとしていることだろう。

「……あ！」

そこで私は思い出した。

私がこの世界に来る直前まで期待していた新パッチ――〈最果ての村エデン〉！

新パッチは、噂ではあったけれど、女神フローディア関連だと言われていた。つまりロドニーはその新パッチの情報を掴んでいて、部下たちにそれを探らせているのではないだろうか。

……もしかしたら、エデンは火山の向こうにあるのかもしれない。

実装を前に転生してしまった私には、新しい情報は何もない。そのためには調べるしかないのだが……あの火山の適正レベルは、〈常世の修道院〉よりも高い。

司教たちが今すぐ攻略するのは、おそらく無理だろう。見たところ特別な装備もないので、攻略には最低でも数ヶ月かかるはずだ。

企みは不安だけれど、時間がないわけではない。

「数ヶ月あれば、私も覚醒職になれるだろうし……」

私がぶつぶつ考え込んでいると、タルトが「山に登るみたいですにゃ！」と小声で教えてくれた。いけない、いけない、考えに没頭していた。

見ると、司教たちは隊列を組んで山へ登っていった。騎士たちはかなり大きな荷物を持っているので、長期滞在するつもりなのだろう。

司教たちの姿が見えなくなるのを待って、私たちは岩陰から出た。

「あいつらは、ティーたちの敵ですにゃ？」

「間違いなくそうだね。ロドニーの別動隊だと思う」

「……私に倒すだけの力があったらよかったですにゃ」

悔しそうに告げるタルトの頭に手を置き、私は「大丈夫だよ」と言って安心させる。

「この火山は難易度が高いから、あいつらはそう簡単に突破できないと思う」

もしかしたら、全滅してくれる可能性だってあると思っている。……そうなってくれたらいいなあ。

「このことはティーたちに報告することにして、私たちは作戦通りロドニーを追うよ」

「はいですにゃ！」

タルトのよいお返事に頷いて、私は本来の目的のために動き出す。ここへ来たのは転職クエストを行うためだ。

マルイルがいる場所はここから少しだけ離れているので、司教たちには見つからなかったのだろう。そのことにホッと胸を撫でおろす。

山脈沿いに歩くと、人が倒れているのを発見した。マルイルだ。

「大変ですにゃ！」

「大丈夫ですか!?　〈ヒール〉！　〈リジェネレーション〉！　〈マナレーション〉！　〈身体強化〉！」

人が倒れているということはわかっていたのに、いざ本当に行き倒れているのを見るとドキッとしてしまってかなり心臓に悪い。思わずありったけの回復スキルを使ってしまった。しかしその甲斐あって、マルイルが起き上がった。

「あれ？　僕はどうして……」

「遭難していたみたいですよ」

「ああ、そうでした！　〈眠りの火山〉の調査をしようと思って来たんですけど、登山口がわからず迷ってしまったんでした」

「そうでしたか……」

　登山口には司教たちがいたけれど、もう奥へ進んだので顔を合わせることもないだろうと思い、場所を教えてあげた。

「ありがとうございます！　助かりました」

「いえいえ、どういたしまして」

「気をつけてくださいにゃ」

　私とタルトがマルイルを見送ると、私の体が淡く光った。

「！　それは次の職になる祝福の光ですにゃ！」

「今のが最後のクエストだったからね」

　私の眼前にクエストウィンドウが現れ、マルイルの名前のところにも〝済〟のマークが入る。そして私は〈ヒーラー〉へと転職した。

〈常世の修道院〉

無事に〈ヒーラー〉になった私は、そのあと少しだけ雪原でタルトとレベル上げをした。〈ヒーラー〉のスキルを覚えないのはもったいないからね。

ということで、そこそこレベルも上がっていい感じだ。ちなみに、レベルはタルトとマルイルのところへ向かう際も少し上がっていたので、転職したときのレベルは44。

今のところはこんなものだけど、すぐにレベルを上げてスキルをガンガン取得していく予定だ。この中で〈ヒーラー〉のスキルは〈攻撃力強化〉。これと、〈魔法力強化〉と〈防御力強化〉はかなり使い勝手がよく、すべて取得すると〈アークビショップ〉になったとき〈女神の使徒〉という最上位の強化スキルを取得することができる。

「レベルも上がったし……スノウティアに戻ってティーたちと合流しよう」

「はいですにゃ！」

ロドニーの部下を見つけたことも報告しなきゃいけないし、やることがいろいろある。だけど、負けるわけにはいかないのだ。

「ムサシ、あと少しだけどよろしくね」

『わう！』

基本情報

名前 シャロン(シャーロット・ココリアラ)

レベル 47

職業 ヒーラー
癒しのエキスパート
癒しの力は絶大で、何度も仲間を立ち直させる

称号

婚約破棄をされた女
性別が『男』の相手からの
攻撃耐性 5%増加

女神フローディアの祝福
回復スキルの効果 10%増加
回復スキル使用時のマナの消費量 50%減少

スキル

◆ **祝福の光**
綺麗な水を〈聖水〉にする
使用アイテム〈ポーション瓶〉

❤ **ヒール** レベル5
一人を回復する

❤ **ハイヒール** レベル5
一人を大回復する

❤ **エリアヒール** レベル5
半径7メートルの対象を回復する

❤ **リジェネレーション** レベル5
10秒ごとに体力を回復する

❤ **マナレーション** レベル5
30秒ごとにマナを回復する

身体強化 レベル10
身体能力(攻撃力、防御力、素早さ)が向上する

攻撃力強化 レベル3
攻撃力が向上する

女神の一撃
次に与える攻撃力が2倍になる

◆ **女神の守護**
指定した対象にバリアを張る

❤ **キュア** レベル5
状態異常を回復する

聖属性強化 レベル1
自身の聖属性が向上する

装備

頭 慈愛の髪飾り
回復スキル 5%増加
物理防御 3%増加
全属性耐性 3%増加

胴体 慈愛のローブ
回復スキル 5%増加
魔法防御 3%増加

右手 芽吹きの杖
回復スキル 3%増加
聖属性 10%増加

左手 -----------

アクセサリー 冒険の腕輪
システムメニュー使用可

アクセサリー -----------

靴 慈愛のブーツ
回復スキル 5%増加
物理防御 3%増加

慈愛シリーズ(3点)
回復スキル 15%増加
物理防御 5%増加
魔法防御 5%増加
スキル使用時のマナの消費量 10%減少

私はムサシをなでなでもふもふして、雪原を駆け抜けた。

* * *

スノウティアに到着し、私たちは合流場所に決めておいた宿へ行く。ティティアたちはすでに来ていて、ほかにリロイ、ミモザがいる。

ブリッツは情報収集のため、少し外に出ているそうだ。

ティティアが、嬉しそうに私の手を取った。

「シャロン！　〈ヒーラー〉になれたのですね。おめでとうございます。わたしは〈ヒーラー〉の誕生を心から祝福します」

「ありがとうございます」

リロイとミモザも「おめでとうございます」とお祝いの言葉をくれた。なんだかちょっと照れるね。

それから、ミモザが大量のアイテムを取り出した。どうやらスノウティア中のお店やギルドでいろいろな素材を買い込んできたようだ。それだけではなく、食料などもしっかり確保済みだという。

「わたしはさっそく〈製薬〉をしますにゃ！　いろいろと揃えるのは、早い方がいいですにゃ」

「うん、お願いタルト」

タルトは部屋の隅に道具を並べて〈製薬〉を始めた。慣れた手つきでどんどんポーションを作っていくので、私が師匠として教えることはもうあまりないかもしれない。ちなみに作っているのは、〈星のポーション〉と〈星のマナポーション〉だ。

私がタルトを見守っていると、リロイがお茶を淹れてくれた。

「ありがとうございます」

「いえ。外は寒いですしね。こっちは何人かの〈聖騎士〉と連絡が取れましたよ。今、ブリッツが確認に行ってます」

「おお！　よかったです！」

〈聖騎士〉は〈教皇〉のティティアに忠誠を誓っているので、絶対的な味方だと考えていい。ただ、〈聖堂騎士〉は信じられる者とそうでない者の区別が難しいので、現時点で接触は控えているようだ。

……味方だと思っていた人が敵かもしれない状況は辛いね。

ひとまず休憩にして、ブリッツが戻り次第情報交換を行うことにした。

ブリッツが戻ったのは、深夜になってからだった。

「すみません、遅くなりました」

「おかえりなさい、ブリッツ」

ティティアが迎え入れるとブリッツは敬礼をし、私たちを見て「無事に〈ヒーラー〉になれたのですね」と喜んでくれた。

「はい。なんとか〈ヒーラー〉になれました」

「お師匠さまはすごいですにゃ」

タルトは私を褒めながら、全員分の熱いお茶を淹れてくれる。時間が時間だったので、全員うとうとしてしまっていたのだ。熱いお茶は目が覚めるね……！


「まずは私から話しますね」

私はタルトと一緒に〈眠りの火山〉の麓(ふもと)で見たことを話した。ロドニーの部下の男が動いていることは、見逃すわけにはいかない。

もしかしたら、同じ司教なのでリロイは面識があるかもしれないけど……どうだろう。見ると、何やら考え込んでいるようだ。

「……その男は、おそらくオーウェン・ハーバス。ロドニーの息子だと思います」

「息子!?」

予想以上に大物で、私は声をあげてしまった。

でも確かに、あのような重要任務は腹心の部下か自分に近い人間にしか頼めないだろう。そう考えると、あの男が息子だということは納得できる。

……というか、司教って結婚できるんだね。

私がなるほどと頷(うなず)いていると、ブリッツが手を挙げた。

「自分が得てきた情報によると、〈眠りの火山〉の奥に女神フローディア様の村が発見されたとか」

「「──!!」」

ブリッツはロドニーの手から逃げのびた〈聖騎士〉と連絡を取り、いろいろ聞いてきたようだ。

その相手は大聖堂内に身を隠し、今も情報収集を行っているらしい。

……ティティアには頼もしい騎士がついているね。

そして女神フローディアの村が、火山の奥にある……か。間違いなく、今回の新パッチだろう。

その村の名前は、〈最果ての村エデン〉。

——絶対に行ってみたい。

でも、間違いなく今の私のレベルじゃ行けない。そもそも一人で行くこともできない。私は支援職だから……！

……これはやはり早急にパーティメンバーを鍛える必要があるね。

ブリッツのおかげで情報が確かなものになってきたので、私のテンションは爆上がりだ。

「つまり、ロドニーは〈常世(とこよ)の修道院〉に、息子のオーウェンは〈最果ての村エデン〉に向かっているということですね」

「そのようですね」

私の言葉にリロイが頷いた。

「ただ、今の私たちの戦力で火山を越えることはできないと思いますが——」

そう言いながら、リロイが私を見た。

「？　なんです？」

「いえ、シャロンなら登ってしまうのではと思って」

「いやいや、普通に無理ですけど？」

タルトもティティアもミモザもブリッツも、私を見ていた。みんな私に期待しすぎではなかろうか。こんなにか弱い支援職だというのに。

「あなたも人間だったんですね」

「なんですかその言い方は」

リロイさん、ちょっと裏に来ていただけませんか？　と言いたいのを我慢しつつ、私たちは〈冒険者ギルド〉でケントたちに伝言を残し、一足先に〈常世の修道院〉へ向かうことにした。


「はあぁ、すごいです……」

「ティー、すぐ街の外に行きますよ」

「は、はい！」

私たちは翌日のお昼過ぎまで休み、スノウティティアから〈転移ゲート〉を使ってツィレへやってきた。このまま馬を借りてずっと南下していくと、修道院に続く道のある〈暗い洞窟〉に行くことができる。別の道で〈焼け野原〉にも行くことができるけれど、名前の通り焼けていて難易度も熱も高いのでそっちの道は避ける。

途中〈牧場の村〉でティティアたちのゲートの登録をして、洞窟の手前まで進んだところで野宿することにした。

野宿といっても、私たちには〈鞄〉と〈簡易倉庫〉があるので野宿というより快適なキャンプといった方がいいかもしれない。

たくさんのお肉に魚や野菜。調味料だって各自で好みのものを取り揃えている。しかもパンは焼き立てのまま保管されているし、なんなら出来立てのお惣菜だって入っている。

「……みんな思ったよりも〈鞄〉の使い方が上手いね」

「ティティア様に不便な思いをさせるわけにはいきませんから」

「ソウデスカ」

自信満々に告げたリロイの鞄の中には、ティティアの好物はもちろんのこと、着替えや装飾品に始まり、快適に休めるよう高級羽毛布団まで入っていた。

……ここまでするとは、さすがリロイだ。

というわけで、私たちは野宿なのにめちゃくちゃ快適な夜を過ごした。


翌日〈暗い洞窟〉を抜けると、〈常世の修道院〉が見えた。

――ああ、ゲームで見たままの修道院だ。

修道院は廃墟と化していて、人間を寄せつけないような、そんな重い空気を醸し出している。苔が生え、錆ができ、黒ずんだ色合い。霧がかっている空気はわずかに紫の色を帯びていて、思わず帰りたいという衝動にかられそうになった。

あんまり低レベルでいたい場所ではないね。

とはいえ、私はここに来ることができて嬉しいとも思っている。だって私が旅をする目的は、この世界のすべての景色を目にすることなのだから。たとえ恐ろしい場所だとしても、目的に含まれるのだ。

あと、ぶっちゃけて言えば廃墟の写真を見るのは大好きだ。


「……噂では聞いたことがありましたが、まさか本当にあるとは」

「ここは、とても嫌な感じがします」

リロイとティティアは聖職者だけあり、闇の気配には敏感なようだ。しかしタルトも、尻尾の毛がいつもより逆立っていて、何かを感じていることがわかる。ブリッツとミモザは何も言わず、息を呑んだ。

タルトがハッとして、「そうでしたにゃ！」と声をあげた。

「これを飲んでくださいにゃ。〈闇耐性ポーション〉ですにゃ」

「ありがとうございます」

〈闇耐性ポーション〉はタルトが用意していたポーションの一つで、その名の通り闇耐性をアップすることができる。効果時間は一時間なので、タルトはそれぞれに一〇本ずつ耐性ポーションを配ってくれた。

本当ならもっとほしいところだけど、入手した材料だとこれが限界だったんだよね。

私は耐性ポーションを飲んで、不味くなかったことにそっとホッとした。

「それじゃあ行こうか。目的は、修道院の中にいるロドニー・ハーバスを捕らえること」

私が宣言すると、全員が頷いた。


修道院は廃墟になっているけれど、ダンジョンというだけあって入り口はしっかりした造りになっている。窓のステンドグラスが闇の女神ルルイエの紋章のデザインになっているなど、細部にもこだわりを感じる。

出てくるモンスターは、ダンジョン〈エルンゴアの楽園〉にも出てきた〈ゴースト〉に、〈嘆きの魔女〉〈包帯の落ちた首無し男爵〉〈捨てられた犬〉〈堕ちた修道女〉〈悪魔の修道士〉、そして一番奥にいるボス――〈ルルイエ〉だ。

モンスターの情報はすでに全員と共有していて、弱点などもしっかり伝えてある。もちろん、この修道院の構造なども。

私とブリッツが先頭を歩き、その次に火力のタルト。ティティアとリロイが続き、最後はミモザだ。私は道案内もしなければいけないので、前方支援。リロイは後ろから周囲の状況を見て、フォローに入ってもらいつつ後方支援の担当だ。

修道院の内部は、外観ほど朽ちてはいなかった。

とはいえ、まったく朽ちていないわけではない。荘厳な雰囲気をどこかに残しつつも、壁は汚れ、飾ってあった絵画や壺(つぼ)が床に落ちて粉々になってしまっている。ところどころで天井からの雨漏りが床に水たまりを作っている。

「来ました！　前方から男爵と犬のセットです。タルトは〈火炎瓶〉は温存して、攻撃はブリッツとミモザ！」

「「了解!!」」

私が指示を出すと、ブリッツとミモザがモンスターに斬りかかる。私の支援もかかっているので、攻撃力が増していていい感じだ。

リロイも〈女神の鉄槌(てっつい)〉で攻撃し、火力に一役買っている。私が支援特化のスキル振りなので、適度に攻撃できる支援のリロイがいるのはなかなかに助かっている。

「「〈聖なる裁き〉!!」」

ブリッツとミモザの攻撃が、それぞれモンスターに命中した。

〈包帯の落ちた首無し男爵〉は、包帯男だ。ただし首から上の包帯がほどけていて、首がない。体だけが動いているという状況だ。攻撃は単調だけれど、一撃が重い。〈捨てられた犬〉は、とにかく走り回って攻撃をしてくる。噛(か)む、爪を武器にしてくるのはもちろんだが、首輪から垂れている鎖が走るたびに振り回されて、それでうっかりダメージを負うことが多い厄介な相手だ。しかもこの犬にはクエストが実装されていて、飼い主が引っ越す際、置き去り——捨てられてしまったというエピソードがある。死ぬまで飼い主を待った犬は幽霊となり、鎖を引きちぎってこの修道院に辿り着いた。そのため一部のプレイヤーは「倒しづらい!!」と大ブーイングだった。

スキル攻撃を使った後は通常攻撃を行い、少し苦戦するも、どうにか倒すことができた。

「ナイス!」

「はいっ」

「油断ならない相手でした」

私はミモザとブリッツとハイタッチし、「このまま行くよ!」と声をあげる。

さすがに私たちは適正レベルにちょっと足りないので、余裕の戦闘とは言いづらい。多少は怪我もしてしまうので、その都度しっかり回復していく。

ちょっとしたことが命取りになるかもしれないからね。

慎重に、ゆっくり進んでいく。

モンスターは一匹で出てくることもあれば、数匹いっぺんに出てくることもある。三匹以上出てくる場合にのみ、タルトに〈ポーション投げ〉をお願いしている。

じゃないと、〈火炎瓶〉がもたないからね。この後どんなことが待ち構えているかわからないので、今は可能な限り節約しておきたいのだ。

それでも、買取依頼を出したこともあって材料をかなり手に入れることができたので、今回は数百の〈火炎瓶〉を用意している。

しばらく歩いてみて、私は思ったよりも静かだな……と思う。

「……もっと〈聖堂騎士〉がいるのかと思ったんですけど、全然いませんね」

「ロドニーと一緒にもっと奥へ行ってるんでしょうか」

「それが有力で――あ」

そのとき、道の先にゴミが落ちているのを発見してしまった。どうやら食事をしたあと、あまり片付けなかったみたいだ。

……この世界を汚すとは、なんてけしからん奴なんだ！

「これは成敗確定――じゃなくて！　あれって、ロドニーたちの痕跡ですかね？」

「自分が見てきます」

「〈女神の守護〉〈リジェネレーション〉！　お願いします、ブリッツ」

名乗り出てくれたブリッツに支援をかけて、送り出す。

私たちも周囲の警戒をしつつブリッツの後を追って、ゴミが散らかっている場所までやってきた。

幸い、周囲にモンスターの姿はない。

食料の袋類のゴミだけが落ちているのかと思ったら、食器類などもいくつか置いたままになっている。

「これは……食事中に襲われて、慌てて逃げた……っていうところですかね？」

「そのようですね」

私が推測すると、リロイが頷いた。

「食事中にしっかり警戒もできず、このように逃げ出すことになるとは……〈聖堂騎士〉として失格ではありませんか」

ミモザはなんだか微妙な怒り方をしている。

まあ、それは置いておくとして……ここら辺にモンスターがいない理由は、わかった。逃げた〈聖堂騎士〉たちが、一緒に連れていってしまったのだろう。ついこの間ブリッツとミモザも〈深き渓谷〉でやってしまった——トレインだ。

……ということは、少し先はモンスターだらけになってるかもしれないね。

「うーん、どうしようかな」

「どうしましたにゃ？　お師匠さま。掃除なら、任せてくださいにゃ」

タルトは私が掃除すべきかどうか悩んでいると思ってしまったようだ。私の弟子、可愛い上にいい子すぎでは？

「たぶんこの先にモンスターが溜まってると思うんですよね」

「モンスターが!?　……あ！」

私の言葉で、ブリッツはどういう状況か把握したようだ。以前の自分たちがしたことと同じだと告げると、全員がなるほどと頷いた。

「本当は安全に狩場まで行きたかったんですけど……その前に、いっちょモンスターハウスを始末しましょうか！」

戸惑っていた全員が、私の言葉に口元を引きつらせた。

〈火炎瓶〉を投げつけるだけの簡単なお仕事です

「お、いっぱいいるねぇ♪」

ダンジョンを汚す不届きなゴミを片付けて進むと、案の定モンスターがたくさんいた。ここでモンスターを撒くことに成功したのか、それとも何人かが犠牲になったのか……。

……まあ、考えても仕方がない。

大量のモンスターを見るとついついにやけてしまう。数はざっと二〇というところだろうか。一番数が多いのは〈ゴースト〉。ここのモンスターの中では一番弱くて全体数も多い。あとは犬と魔女が多くて、男爵、修道女、修道士は数体というところだ。うん、これはいい経験値になりそうだぞっと。

「あ、あんなにたくさん……！　いっぺんに相手にするなんて、できるんですにゃ!?」

タルトは警戒しているらしく、尻尾の毛がぶわわっとなっている。

「大丈夫。支援が二人いるし、頑張ってブリッツに耐えてもらうから」

「自分ですか……。頑張ります」

どうやらブリッツは頑張ってくれるらしい。

今回は全員で〈火炎瓶〉を投げて、倒しきれないモンスターをブリッツに防御してもらう、という単純な作戦だ。

「じゃあ、配りますにゃ」

「は、はいっ！　頑張って投げます……！」

ティティアが気合を入れる中、ミモザが「私も投げるんですか？」と驚いている。自身のスキルを使えばいいと思っていたのだろう。

それで倒せるならば問題ないけれど、今回は敵の数が多いので安全にやっていきたい。ミモザには、〈火炎瓶〉を投げてすぐ〈女神の一閃〉で前方向にいるであろうモンスターに追加の一撃を与えてもらいたいのだ。

「……という感じに動いてほしいんだよね」

「なるほど、わかりました。確かにあれだけの強いモンスターがいるんですから、どれだけ警戒しても足りないくらいです」

「で、その残ったモンスターを自分が引き受ければいいんですね。すぐに盾スキルで防御します」

ミモザとブリッツが真剣な表情で頷いた。

「私とリロイはすぐに支援をかけ直すから、安心して。ティーは、〈女神の聖域〉で結界を張って自分とタルトを守って」

「はい」

「わかりました」

よし、これで全員の役割分担が決まった。

私とリロイは支援スキルをかけ直し、〈女神の一撃〉も全員にかける。これだけやれば、かなりのダメージを与えられると思うんだよね。

「よし、じゃあ行きますか！」

「「おー！」」

「おーですにゃ！」


タルトとティティアは背が低いので、前方で最初に〈火炎瓶〉を投げつけた。そしてダッシュで後退し、ティティアが結界を張る。その合間に、私たちも〈火炎瓶〉を思いきり投げつけてやる。

さすがに六人が投げただけあり、ドゴオオオォォンと大きな音と同時に建物がちょっとだけ揺れた。

「「〈女神の一撃〉！」」

「いきます！　――〈女神の一閃〉！」

「うおおおぉぉっ、〈聖なる盾〉!!」

ミモザとブリッツが走り出すのを見て、私はタルトに、リロイはミモザに、それぞれ〈女神の一撃〉を追加する。

爆発した砂埃(すなぼこり)で視界が悪いが、攻撃の手を止めるつもりはない。後ろからティティアの声が聞こえる。無事に結界を張れたみたいだ。

「〈ポーション投げ〉！」

「〈女神の一撃〉！」

「〈女神の守護〉！」

タルトが二投目を放ち、私はタルトに一撃を、リロイはブリッツに守護を使う。そして続けざまに、私もブリッツに守護をかける。もし残ったモンスターの数が多かったら、守護のバリアはあっという間に破られてしまう。

さて、次は……と考えたところで、ブリッツの声が響く。

「殲滅完了だ!!」

砂埃の中から戻ってきたブリッツの顔は、これでもかというほど安堵に満ち溢れていた。

「というか、最初の〈火炎瓶〉でかなり数が減ってたみたいだ。ミモザの一閃でほぼすべてのモンスターを倒して、最後まで残った〈悪魔の修道士〉はタルトの二発目で倒せていた」

「あー、やっぱり修道士は残っちゃってましたか。……もっとレベルを上げて、装備も揃えていかないと厳しいですね」

運がよければ全滅させられるかな？　と思っていたけれど、現実はそう簡単ではないようだ。

「あれでまだ足りないのか……」

ぼそっと呟いたブリッツの言葉は聞かなかったことにして、私は支援をかけ直していく。その間に、タルトとティティアがドロップアイテムを拾ってくれた。レアはなかった。残念。

私たちはモンスターを倒しつつ、修道院内を進んでいく。

「それにしても、今日は久しぶりにレベルが上がりましたよ」

「おめでとう、リロイ」

道中の雑談とでもいうようにリロイが告げると、ティティアが満面の笑みで喜んでいる。そしてそれにデレッとするリロイ。うん。いつもの光景だね。

「私も修道院に入ってからレベルが上がったかな……」

「わたしも上がりましたにゃ！」

「自分もです」

「私も」

「あ、わたしもでした」

若干コントのようになっている気がしなくもないけど、レベルが上がったのはいいことだ。ここのモンスターは経験値もおいしいので、まだまだ上げていくつもりだ。

ちなみに現在のレベルは、私とリロイが50、タルトとブリッツが47、ティティアが45、ミモザが46だ。

みんながレベルを告げると、ミモザが「普通、このレベルだとなかなかレベルアップしないんですけどね……」と引きつった笑みを浮かべながら言った。

「確かに、レベルが低いままの人は多いですね……。なら、ダンジョンの情報を流して、もっと気軽にレベル上げに出向いてもらったらいいんじゃないですかね？　この修道院の情報をツィレのギルドから流してもらえば、結構な数の冒険者が来ると思いますよ！」

そうすれば、市場にもいろいろアイテムが出回るようになるはずだ。そうすれば冒険者はレベル上げをしつつ稼げて、私はアイテムを手に入れられる。ものすごくｗｉｎ－ｗｉｎだ。

「そんなことを考えるのはシャロンくらいでしょう」

「ちょっとブリッツ、憐（あわ）れむような目で見ないでください……」

しかし私以外の全員が頷いてブリッツに賛同している。

絶対そんなことないと思うのに。たとえばフレイだったら、きっと喜んで修道院に来てくれるに違いない。よし、今度教えてあげよう。

「――っと、狩場に着きましたね」

私が足を止めると、みんなも足を止める。

「ここが……？」

「そうです。このポイントはあまりモンスターが湧かないので拠点にしやすいんですけど、ちょっと行ったところにはモンスターが多くいるという最高の場所なんです」

ゲーム時代はこの場所が人気すぎて、よほどタイミングがよくなければ使うことができなかった狩場だ。

「さて。ロドニーを捕らえるために……スパルタでレベル上げしますよ！」

「シャロンがあえてスパルタと言うと、いったいどんな地獄が待っているのだろうと体が震えますね……」

「私は鬼か何かですか？」

ふるふる震えているティティアに冷静にツッコミを入れつつ、別に無謀なことはしないと告げるがリロイには疑いの目で見られた。解せぬ。

そんな中で、タルトがめちゃめちゃやる気を見せている。

「たくさんレベルを上げて、ティーのために頑張りますにゃ！」

「タルト……！　ありがとうございます。わたしも弱音を吐いている場合ではありませんね。血反吐を吐きながらでもやりきってみせます……！」

「血反吐を吐く予定はありませんが？」

まったく私をなんだと思っているのか。

単に効率よくレベル上げをしようっていうだけなので、別に無茶はしないよ。

私が狩場に選んだのは、T字路になっている場所だ。左右に一本道が伸びていて、どちらも少し歩くと曲がり角があり、最終的に同じ場所に出る左右対称の造りになっている。

つまりここは、右と左、両方からモンスターが湧くポイントなわけです。さらにブリッツに少し奥からモンスターを釣ってきてもらえば、みんなでフルボッコにすることができる。

「なるほど、ここを拠点にして狩りをするんですね」

「確かにそれなら、前衛以外の疲労は抑えやすいですし、周囲の状況把握も簡単です」

ブリッツとミモザはすぐに頷き、自分がすべきことを把握してくれたらしい。頼もしいね。

「基本的な支援と、釣りに行くブリッツに何かあったときは私がフォローします。リロイはこの場所に残って、支援と、余裕があれば攻撃スキルも使ってください」

「わかりました」

固定狩りの支援であれば私一人で十分なので、リロイにはちょっとでも火力の足しになってもらう作戦だ。

幸い、ポーション類はいっぱい用意してあるからね。

「わたしたちはここで攻撃しますにゃ！」

「わたしも攻撃スキルを取ったので、頑張ります……！」

タルトとティティアが気合を入れたのを見て、ブリッツが動き出した。


ブリッツが右手の通路へと進んでいくのを見て、ミモザが左手の通路側に陣取る。これは、左手の通路からモンスターがやってきた際、ミモザが前衛としてすぐ対応できる立ち位置だからだ。

……でも、慣れてきたらミモザも釣ってきていいんだけどね？

とは、さすがに言わないでおいた。

少し待つと、ブリッツが〈嘆きの魔女〉と〈ゴースト〉を一体ずつ連れてきた。それを見たミモザが、すかさず〈女神の一閃〉で攻撃をし、タルトが〈ポーション投げ〉を行う。リロイとティティアもそれに続き、敵を攻撃する。

「〈女神の守護〉〈身体強化〉！　ブリッツ、そのまま左手の通路の敵を釣ってきて」

「わ、わかりました！」

ブリッツの役目は敵を連れてくることであって、攻撃することではない。そのためブリッツが連れてきた敵の処理は私たちが行う。その間に、もう一方の通路から敵を連れてきてもらうというのが流れだ。

とりあえず、一時間くらいやってみて一度反省会かな……？


「〈マナレーション〉！　……あとはポーションも飲んじゃおう」

やはり自然回復程度ではマナの回復が追いつかないので、私は遠慮なくポーションを飲みながら支援をかけていく。

すると、ちょうどブリッツが敵を連れてきた。今度は魔女、犬、修道士の三体だ。うん、なかなかいい感じに釣れるようになってきたね。

が、ブリッツがこちらに辿(たど)り着くよりも早く修道士から攻撃を受けて倒れ込みそうになる。そうはさせないよ！　私は一〇メートルほど離れているブリッツの方へ走り、スキルを使う。

「〈女神の守護〉！」

私が守護をかけ直すと、倒れそうだったブリッツが踏ん張って耐えた。

「助かった、シャロン！」

「フォローは任せてって言いましたからね」

私は続けざまに、ブリッツに支援をかけ直す。ミモザが攻撃したのを見て、さらにもう一度守護をかけ直し、反対の通路へ行くブリッツを見送る。

修道士はここで出るモンスターの中で一番強いこともあって多少苦戦しているけれど、概ね順調に狩りは進んでいる。

私のレベルが57まで上がったところで、一時間ほどが経っていた。

……そろそろ一度反省会と思ったけど……みんなの動きもよくなってきてるし、このまま続行でいいかな？

何か気になることがあれば、みんなその都度聞いてくれるし、私も声をかけている。それだけで随分改善されるし、みんな自分なりの工夫もして戦っているのだ。

うん。やっぱりこのまま続行がいいね！


それからさらに数時間――。

今までの倍ほどの敵をブリッツが連れてきた。私としてはよくやった！　と言ってあげたいところだけれど、ほかのみんなは息を呑んだし、ブリッツの表情もいつもより厳しい。

「すみません、敵が多いです!!」

「オッケー！　〈女神の守護〉〈リジェネレーション〉！」

「〈ハイヒール〉」

私がすぐに支援をかけると、すかさずリロイもフォローしてくれる。支援の息が結構合ってきたと思う。やりやすい。

「〈ポーション投げ〉！」

「〈女神の一閃〉！」

タルトとミモザの一回の攻撃だけで、もう〈ゴースト〉は倒すことができるようになった。ほかの敵は、修道士を除いてタルトがもう一回〈ポーション投げ〉をすれば倒すことができる。修道士は、ミモザにもう一撃加えてもらうというのが倒すまでの流れだ。

「もう一回ですにゃ！　〈ポーション投げ〉!!」

「わたしもいきます。――〈無慈悲なる裁き〉!!」

タルトの攻撃で修道士以外が光の粒子になって消えたと同時に、上から光の剣が降ってきて――残っていた修道士に突き刺さり、光の粒子になって消えた。

わお……。

突然大技を使ったので、全員の視線がスキルを使った人物――ティティアに集まった。ブリッツも次の敵を釣りに行くのを忘れて、ティティアを見ている。

「なんとも神々しいです、ティティア様」

「ありがとう、リロイ」

一部通常運転の人もいた。

「そういえばティーはスキルの取得はいろいろ試したいって言ってたし、あんまり詳しく聞いてなかったね。まさか攻撃スキルをそんなに取ってるとは思わなかったよ」

もちろん攻撃スキルも多少はあった方がいいけれど、防御だとか、回復だとか、ティティアはそういうスキルを多く取りそうだと思っていた。

「……タルトに〈スキルリセットポーション〉をいくつかもらいましたからね。今のわたしには、戦う力が必要なんです」

「ちゃんと考えてるんだね。強いね、ティー」

私が褒めると、ティティアははにかむような笑顔を見せた。しかしそれは少し辛そうでもあったので、早く今回の件を終わらせて、平和なスキルを再取得させてあげたいなと思う。

「お師匠さま、そろそろ一度休憩しましょうにゃ」

「そうだね。お腹もすいたし、ゆっくりしようか」

タルトの言葉に同意すると、みんな「やった！」とガッツポーズをして喜び始めた。いや、休憩したかったなら途中で声をかけてほしかったんだけど……？


すぐ近くの敵が湧きづらい場所まで戻ると、出来立てを購入して〈鞄〉に入れておいたお弁当を取り出した。疲れているときは、こういうお手軽なご飯がありがたい。

タルトが紅茶を淹れながら、ティティアを見た。

「ティーはどんなスキル構成にしたんですにゃ？」

「わたしのスキルは……」

ティティアは、自分が取得したスキルを教えてくれた。

……これは、思ってたより攻撃寄りだ。

基本情報

名前 ティティア

レベル 63

職業 **教皇** 世界の平和を祈る者

スキル

魂の祈り
〈教皇の御心〉を作ることができる

神の寵愛 レベル10
基礎能力が向上する

慈愛 レベル5
周囲の人たちを
敵味方関係なく回復する

女神の聖域(サンクチュアリ) レベル5
周囲を浄化して結界を張る

最後の審判
50%の確率で全回復
または即死させる

女神の寵愛 レベル10
敵から受けたダメージを吸収し回復する

裁きの雷(いかずち) レベル5
敵一体に雷を落とす

無常の裁き レベル10
複数の敵に雷を落とす

無慈悲なる裁き レベル10
敵一体が女神フローディアの剣に貫かれる

奇跡の祈り
ランダムで神の奇跡が起こる

平和の祈り レベル5
自身に向けられたヘイトをリセットする

装備

頭 **教皇の帽子**
聖属性 5%増加

胴体 **教皇のローブ**
全属性の耐性 5%増加

右手 **リューディリッケルの杖**
魔法攻撃力 5%増加
聖属性 5%増加

左手 -----------

アクセサリー **冒険の腕輪**
システムメニュー使用可

アクセサリー -----------

靴 **教皇のブーツ**
物理防御 3%増加

教皇シリーズ(3点)
物理防御 5%増加
魔法防御 5%増加
全属性の耐性 3%増加

ロドニーを許せない、戦うという、そんなティティアの意志を感じられるようなスキル構成だ。

だけど同時に、自分のことも大切にしているのがわかる。ヘイトリセットができる〈平和の祈り〉あればモンスターから逃げることも容易(たやす)くなるだろうし、回復や結界もある。

……うん。ティティアもしっかり戦力にカウントして大丈夫そうだね。

ロドニー発見

ティティアだけではなく、全員のレベルが上がっている。さすが数時間ぶっ続けで狩りをした甲斐があったというものだ。私とタルトとリロイは68に、ミモザは64、ブリッツは65だ。

かなりいい感じでレベルが上がってるから、このままいけばボスの〈ルルイエ〉も倒せるようになるだろう。転職したケントとココアのレベル上げの手伝いも、かなりスムーズにできるね。

そんな私のスキルはというと……攻撃スキルは一切取らず、支援特化だ。もう少ししたら取ってもいいだろうけど、今はタルトがいるから問題ない。あとはレベルを上げて、基礎能力を上げるパッシブスキルを取っていきたいところだね。

「これだけ強くなれば、ロドニーを捕まえるのも容易そうですね」

ミモザが嬉しそうに言うけれど、私はそれはどうだろうか？　と首を傾げる。確かにこの世界の住人がすごく強いというのはあまり想像できないけれど、ロドニーには配下が多い。数が多いだけでなんとかなることもあるのだ。

私が悩んでいると、リロイが「一度奥へ進んでみてもいいと思います」と提案する。

「ロドニーたちがどの地点にいるか確認することは必要だと思います。相手の数が多ければ、一度引き返して……それこそ、レベルを上げるのもいいでしょう」

基本情報

名前 シャロン（シャーロット・ココリアラ）

レベル 68

職業 ヒーラー　癒しのエキスパート
癒しの力は絶大で、何度も仲間を立ち直させる

称号

婚約破棄をされた女
性別が『男』の相手からの
攻撃耐性 5%増加

女神フローディアの祝福
回復スキルの効果 10%増加
回復スキル使用時のマナの消費量 50%減少

スキル

◆ **祝福の光**
綺麗な水を〈聖水〉にする
使用アイテム〈ポーション瓶〉

♥ **ヒール** レベル10
一人を回復する

♥ **ハイヒール** レベル5
一人を大回復する

♥ **エリアヒール** レベル5
半径7メートルの対象を回復する

♥ **リジェネレーション** レベル5
10秒ごとに体力を回復する

♥ **マナレーション** レベル5
30秒ごとにマナを回復する

⬆ **身体強化** レベル10
身体能力（攻撃力、
防御力、素早さ）が向上する

⬆ **攻撃力強化** レベル3
攻撃力が向上する

⬆ **魔法力強化** レベル3
魔法力が向上する

⬆ **防御力強化** レベル3
防御力が向上する

⬆ **女神の一撃**
次に与える攻撃力が2倍になる

◆ **女神の守護**
指定した対象にバリアを張る

♥ **キュア** レベル5
状態異常を回復する

⬆ **聖属性強化** レベル1
聖属性が向上する

⬆ **耐性強化** レベル5
各属性への耐性が向上する

⬆ **不屈の力** レベル5
体力の最大値が向上する

装備

頭 慈愛の髪飾り
回復スキル 5%増加
物理防御 3%増加
全属性耐性 3%増加

胴体 慈愛のローブ
回復スキル 5%増加
魔法防御 3%増加

右手 芽吹きの杖
回復スキル 3%増加
聖属性 10%増加

左手 -----------

アクセサリー 冒険の腕輪
システムメニュー使用可

アクセサリー -----------

靴 慈愛のブーツ
回復スキル 5%増加
物理防御 3%増加

慈愛シリーズ（3点）
回復スキル 15%増加
物理防御 5%増加
魔法防御 5%増加
スキル使用時のマナの消費量 10%減少

「確かに敵がどうしてるか知ることは大事ですね」

もしかしたら、モンスターにやられて倒れている可能性だってワンチャンある。さすがにここにきてそんなことをされたら、だらしのない悪役だと呆れてしまうけれど……。

「進むスピードを上げれば戦闘訓練にもなるので、先へ進んでみましょうか」

レベルも上がってきたので、固定狩りじゃなくて移動狩りでもかなり経験値はおいしいだろう。ロドニーに追いつく間に、レベルも70くらいにはなっているはずだ。


と、先へ進むことに決めたけれど休憩も大事だ。先へ進むのは明日にして、今日はしっかり休むことに決めた。

……まあ、ダンジョン内は夜という明確な区切りがないから寝て起きたら出発という感じだ。

寝る前に〈純白のリング〉を使って体の汚れを落とし、少しだけ作戦会議……と思ったけれど、タルトとティティアが速攻で寝落ちしてしまった。

「わー、二人に無理させてたよね……ごめんんん……」

一日中ゲームばかりでぶっ続けでモンスターと戦っていたような私とは違うのだ……。反省して、明日からは一時間ごとに休憩を取ろうと心に誓う。

しかしそんな私をフォローしてくれたのは、意外にもリロイだった。

「確かにティティア様は辛かったと思いますが、それ以上に嬉しかったと思いますよ。今は、一刻も早くロドニーを捕らえなければいけませんから。シャロンがいなければ、ここまで来るのも容易ではなかったでしょうし、レベルだって上がっていなかったはずです」

「リロイ……」

「シャロンのレベル上げの速度は変態ですから……」

「リロイさん……？」

女の子に何を言うのかこの聖職者は。

「って、リロイもうつらうつらしてるじゃない……」

どうやらリロイも眠かったようだ。

「自分がテントに運んでおきます」

「ありがとうブリッツ」

リロイはブリッツに任せて、同じく眠そうにしていたミモザにもテントに行って休むように告げる。見張りは私一人いれば問題ないだろう。


「ふ〜〜」

全員が寝入ったのを確認して、私は大きく息を吐いた。そして数秒後……顔がにやけてしまう。いや、仕方ないよね。今日一日でレベルがかなり上がったんだから、にやけてしまうのは仕方ないよね？　これなら〈アークビショップ〉になって、〈聖女〉になる日も近いかもしれないね。

「といっても、〈聖女〉クエストはどれくらいの量かわからないんだよね」

ティティアとリロイの呪いを解いてクエスト達成！　となればいいのだけれど、そう簡単に進むとは思えない。だって、それだとクエストが簡単すぎるから……。

「………今まで、〈聖女〉になったプレイヤーは一人もいなかった。もしかして、新パッチの女神フローディアが関わってくるとか……？　いや、考えてもどうしようもないか……？」

いろいろ考えると、ロドニーのこともあって頭がこんがらがりそうだ。とりあえず今はロドニーをしばいて、ティティアに教皇の座に返り咲いてもらおう。

「〈聖なる盾〉！」

数匹の敵をまとめたブリッツが、防御スキルを発動する。それに合わせて、全員が一斉攻撃をし、私がブリッツに支援スキルをかけ直す。

昨日と変わって移動しながらの狩りだけれど、かなりスムーズに動けるようになってきた。何よりブリッツの釣りが上手くなった!!

……ロドニーの件が片付いたらぜひともパーティにほしい人材に育ってきてるけど、〈聖騎士〉はみんなティティア大好きだから無理だろう。

「シャロン。かなり進んだと思うんですけど、今はどの辺りにいるかわかりますか」

「ダンジョンの内部の……そうですね、ざっくり九割程度のところまで来ましたよ。ボスの〈ルルイエ〉がいるところまではもうすぐで――」

「静かに！」

目と鼻の先ですというところ、先行していたブリッツから静止の声がかかった。緊張を含んだその声から、何かあったのだということはすぐにわかる。

タルトとティティアは声を出さないように、自分の口元に手を当てている。

「……〈聖堂騎士〉が一二人と、ロドニーがいます」

「「――!!」」

そうかもしれないと予想はしていたけれど、いざブリッツの報告を聞くと息を呑んだ。どうやら通路の先……角を曲がったところにロドニーたちがいるようだ。

私とリロイは小声で全員にスキルをかけ直し、ロドニーたちの様子をうかがうためそっと角から顔だけを出す。

……いた！　あれがロドニーか!!

ロドニーは、騎士たちに守られるようにして一番奥にいた。

凝った装飾の法衣に、長杖。体はお腹が出てでっぷりとしていて、金色の長い髪を後ろに流しておでこが全開になっている。もっさり生えた口ひげが、いかにも悪者っぽい。

なんというか、いかにも悪いことを考えてますって顔だね。

ひとまずロドニーたちの戦力を把握したいので、戦闘の様子を見ることにした。基本的に騎士たちが戦い、たまにロドニーが支援スキルを使うというスタイルみたいだ。

「ロドニー様をお守りしろ！」

「ルルイエ様の元まであと少しだ!!」

騎士たちは剣を手に持ち、それでモンスターと戦っている。しかしレベルが低いのか、戦い慣れていないのか、連携が不十分だからなのか……動きが悪いし、攻撃を受ける場面も多い。

「ん〜〜……？」

私はなんだか嫌な予感がしたので、〈星の記憶の欠片〉を取り出した。これはレベル50以下の人のレベルと職業がわかる使い捨てのアイテムだ。

……さすがに、あの中にレベル50以下はいないと思いたい。

そう思いながら、私は〈星の記憶の欠片〉を全員に使う。まず〈聖堂騎士〉の一人目、見えない！

よかった、彼はレベル51以上だ。敵だというのになぜかホッとしてしまうから困る。次の人も見えなかった。よしよし、全員この調子で高レベルであってくれ！ そう思いながら見ていたら——アッツッツ！

「うわ、見える人がいた……誰だよ最低」

ロドニー・ハーバス
レベル：46
〈ヒーラー〉

——お前かよ!!

盛大に心の中でツッコんでしまった。どうやらロドニーは自分よりレベルの高い騎士たちに守られながらここに来たみたいだ。

「む……〈エリアヒール〉！」

何人もの騎士たちが負傷したのを見て、ロドニーがやっとスキルを使ったが……誰も全快していない。どうやらロドニーのスキルレベルが足りないみたいだ。

「儂のマナが回復するまで攻撃を防げ！」

「はっ！」

「奥からさらにモンスターが来ます!!」

「絶対に儂のところまで来させるんじゃないぞ！〈身体強化〉！」

ロドニーは叫ぶように、自分自身に〈身体強化〉をかけた。

「は？　なんで自分に支援してるの？　そこは騎士に支援するところでしょう？」

……クソみたいな支援しやがって！

ちょっとロドニーに物申したくなってしまい出ていこうとしたら、リロイとミモザに「何をしてるんですか!!」と押さえられてしまった。

「だって、今のロドニー見ましたか!?　支援職の風上にもおけないんですけど!?」

「いったいロドニーに何を期待してるんですか、シャロン。私たちはロドニーの戦力を確認して、捕獲するかどうするか決めるんですよ」

「ハッ！　そうでしたね」

予想の百倍ロドニーが酷かったので、頭の中からすっぽり抜けてしまっていた。危ない危ない。

「〈聖堂騎士〉たちの戦いを見る限り、そこまでレベルは高くなさそうです。一気に突撃して、捕獲しちゃうのがいいと思います」

私がそう告げると、リロイも「同意見です」と頷いた。

「……あ、進むみたいですよ」

話している間に、ロドニーご一行はモンスターの殲滅に成功したらしい。騎士たちは疲労困憊といった様子だけれど、ロドニーだけは誇らしげに歩いている。

「――行きましょう」

私がそう告げると、全員が頷き走り出した。


目の前に湧いた〈ゴースト〉をブリッツが斬り捨て、タルトの〈ポーション投げ〉とティティアの〈無慈悲なる裁き〉がとどめを刺す。しかし全員、ロドニーから目を離すことはない。

「なっ！　教皇――!!」

ロドニーはすぐ、ティティアに気づいた。その顔は驚愕の色が強い。ここまで自分を追ってくる者がいるとは微塵も思っていなかったのだろう。ギリッと唇を噛みしめている。

「ロドニー様をお守りしろ！」

「しかし前から〈堕ちた修道女〉が現れました!!」

「それくらいすぐに倒さないか!!」

どうやら前にモンスター、後ろに私たちと、ロドニーは絶体絶命のピンチみたいだ。なんともしょぼいピンチだね。

しかしふと見ると、すぐそこに豪華な扉が目に入った。このダンジョンのボス〈ルルイエ〉が待ち構えている部屋だ。

……ロドニーがこのメンバーでここまで来たことは、褒めてあげてもいいかもしれない。

〈聖堂騎士〉たちが疲労困憊なのは一目でわかるので、もしかしたら何人か途中で失っているかもしれないけれど……きっとロドニーは多少の犠牲なんて構わないどころか、必要なものだと思っていそうだ。

騎士たちがどうにか修道女を倒すと、ロドニーは真っ先に一番奥へと逃げた。扉に背をつけ、「こっちに来るんじゃない！」と吠えた。

さて、どうしようか。しかし私が考えるよりも早く、ティティアが一歩前へ出て、まっすぐロドニーを見つめた。

「なぜ、このようなことをしたのですか」

普段の穏やかな声とは違う、澄んだ、凛としたティティアの声が修道院に響く。憂い嘆くその声に、何人かの〈聖堂騎士〉がたじろいだ。

「なぜ……だと？　女神フローディアが儂たちに何をもたらしてくれるというのだ。ルルイエ様こそ、この国を、世界を導くに相応しいお方であろう！　お前たち、やってしまえ!!」

どうやらロドニーには話を聞く耳はないようだ。騎士たちに命令し、私たちをここで始末しようとしてきたけれど……そう簡単にやられる私たちではない。

「〈聖堂騎士〉ともあろう者が、恥ずかしくはないのですか！　――〈女神の一閃〉!!」

ミモザがいとも簡単に騎士たちを斬り伏せると、ロドニーは息を呑んで後ずさった。が、後ろには扉があってこれ以上逃げることはできない。

その様子を見て、ティティアは表情を歪めた。

「……今、わたしの耳に届いている声は多くありません。けれど、女神フローディアへ祈るための部屋が閉まっていることや、何人もの〈聖騎士〉と〈聖堂騎士〉が囚われていること、聖堂所属の神官や巫女が治癒をする際に法外な金額を要求しだしたことなど……いろいろ聞いています」

ティティアが言ったことは、私が実際にツィレで見聞きしたことや、ブリッツがどうにか仲間と連絡を取って知り得た情報の一部だ。ブリッツに情報をもたらした人物は、今も大聖堂内部にいるのだという。

しかしロドニーは、あからさまにため息をついてみせた。そして幼い子供に言い聞かせるように、口を開いたのだ。

「ティティア様にはおわかりにならないのでしょうが、国を運営するにはお金が必要なのですよ。儂たちは今まで、あまりにも国民を甘やかしてきてしまった！」

だからこれからは、今までの恩恵分、国民は国に尽くして当然だろうとロドニーは言う。

「本当にそれでいいと思っているのですか！」

「儂が教皇になったのだ！　お前のような甘いことは、一切しない！　儂に逆らう者はエレンツィ

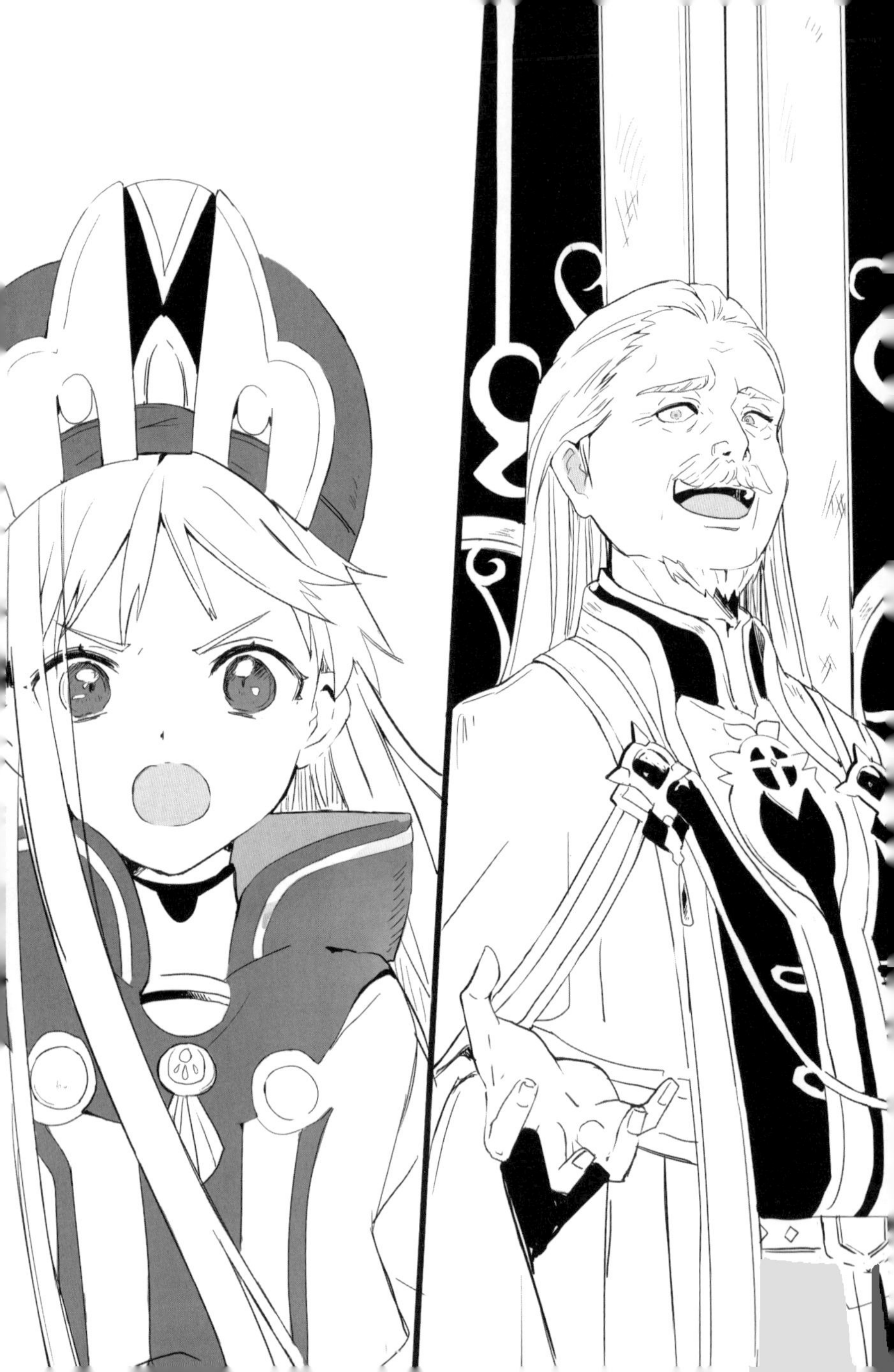

には不要だ!!」

「――っ！」

ロドニーには自分がトップに君臨したいという野望があった。自分が一番偉いのだと。その言葉に、ティティアが震える。

「そんなことは、許しません！」

ティティアの叫びを皮切りに、ブリッツが飛び出して剣を振り上げた――が、一人の〈聖堂騎士〉によって受け止められてしまった。

――嘘！　レベルが上がったブリッツの攻撃をこうも簡単に止めるの!?

私が驚いていると、隣にいたリロイが目を細めた。

「……あなた、〈聖堂騎士〉ではありませんね」

「「――!?」」

リロイの言葉に、私たちは目を見開いて驚いた。すると、〈聖堂騎士〉だと思われていた男はくつくつ笑って、「どうしてわかったんだ？」とこちらを見た。

「私は大聖堂に所属している人はすべて覚えていますから」

「なるほど、化け物並みの記憶力っていうことか。まさかそんな理由で正体を見破られるとは思わなかったが……」

男はそう告げると、真っ黒な刀身の剣でこちらに斬りかかってきた。しかしそれが届くよりも前に、ブリッツが構える。

「〈聖なる盾〉!!」

「〈血塗られた殺意（ブラッディソード）〉!!」

スキルによって現れたブリッツの盾に、黒い剣が斬りかかるが――わずかにブリッツが押され、尻もちをついた。どうやら実力は相手の方が上みたいだ。

……まさかこんな隠し玉がいるなんて、思ってもみなかったよ。

男が使ったスキルは、私が知っているものだった。

特殊職業の〈暗黒騎士〉だ。知り合いのプレイヤーにも何人かいたので、だいたいのスキルや戦闘スタイルも知っている。状態異常を付与するタイプの攻撃が多く、じわじわ相手を消耗させるのが得意だ。

ブリッツが押されたのを見て、ミモザはティティアを守るように前へ出る。リロイも、ティティアをいつでも庇（かば）える位置取りだ。

「お師匠さま！　後ろからモンスターが……！」

悲鳴に近いタルトの声に、私は「大丈夫」と答えて自分に〈女神の守護〉をかけ、湧いた修道士の前へ行く。そのままタルトに〈女神の一撃〉をかけて、〈ポーション投げ〉をしてもらう。それを追加で二発。

……話し合いをする場所には向かないね。

というか、ロドニーたちが扉を背にしているので、モンスターが湧くとしたら基本的にこちら側なので私たちが不利だ。どうにか立ち位置を変えることができたらいいんだけど……そう考えていたら男が思い切り剣を振り上げブリッツをはじき飛ばした！

――っ、やってくれるじゃん！

可能なら撤退してレベル上げをしたいところだけど、そんな余裕はなさそうだ。なぜなら、ロドニーがボス部屋の扉に手をかけたから。

……いったい何をしようとしているんだろう？

ロドニーのレベルでは、〈ルルイエ〉を倒すことはできない。あの強そうな〈暗黒騎士〉がいるけれど、一人では無理だろう。〈聖堂騎士〉も火力としてはレベルが足りないように思う。

しかし私が何かを考えるよりも早く、男はこちらに向かってやってきた。立ち向かうミモザを剣でさばき、一直線にティティアの元へ――！

「させません！〈女神の守護〉！」

リロイが咄嗟にティティアを庇ったけれど、ブリッツに防げない攻撃を戦闘特化ではない〈ヒーラー〉が耐えることは難しい。リロイとティティアも剣ではじき飛ばされて――

「え？」

私はその光景を見て、息を呑んだ。

リロイとティティアがはじき飛ばされた先が、ロドニーが扉を開けたボス部屋だったからだ。

「ティー、リロイ!!　――ぐっ！」

「大変ですにゃ――んにゃっ！」

私とタルトが声をあげる途中で、男が斬りかかってきた。それをどうにか防いだものの、蹴りを入れられて吹っ飛ばされてしまった。これで私とタルトも仲良くボス部屋の中だ。

「「ティティア様!!」」

ブリッツとミモザは慌てて自分たちの意志でボス部屋の中まで追いかけてきた。主人であるティティアを守らなければいけないのだから、当然だろう。

「ふん、てこずらせおって。……女神ルルイエ様の贄になればいい」

「ロドニー!!」

そして、ロドニーによってボス部屋の扉は閉められてしまった。

ボス〈ルルイエ〉

暗い部屋にボッと音が響き、紫色の火が灯っていく。円形の部屋をぐるりと囲むようにステンドグラスのランタンが等間隔に並んでおり、中央の天井からは黒薔薇の蔦が絡まっているブランコが吊り下げられている。

誰かが無意識に息を呑み、緊張が走る。

「お、お師匠さま……」

「……大丈夫、って……言えたらよかったんだけどね……」

タルトの小さな手が私の手を握ってきてくれるけれど、今、私の頭の中は大混乱だ。どうしたらいいのか、必死に考えている。

このままレベルを上げていけば、〈ルルイエ〉を倒すこともできただろう。しかしそれは、レベルを上げたら……という話なわけで、今ではない。そう、今ではないのだ。さすがにボスは無理だ。

控えめに言ってもボスは無理だ！！！！！！！

「シャロン、ここはダンジョンの一番奥ですよね？」

ティティアの問いかけに、私は頷く。

「道中で出てきたモンスターとは比べ物にならないくらい強い、ボス〈ルルイエ〉が出てきます。

今の私たちに倒すことは……不可能です」

「――っ！」

ハッキリ私が告げると、ティティアが真っ青になって口元を押さえた。

「でも、私だってただで死んでやる気はないです。ひとまず逃げに徹して、何か解決策がないか考えましょう」

「は、はい……！」

私の提案に、ティティアはもちろんリロイたちも全員が頷いた。今回の作戦は、何がなんでも命を大事に、だ。


パキンッと何かが割れるような音がしたかと思うと、天井から人影が降ってきてブランコの上に着地した。その肩口には、二匹のコウモリがいる。

足元まである長い紫がかったダークレッドの髪。黒を基調とした丈の短い上質なワンピースに身を包み、ヒラヒラした透明な布を纏(まと)っているが、その手元は鎖で繋(つな)がれている。目元を覆う黒のレースが特徴的なボスモンスター〈ルルイエ〉だ。


私たちは全員で固まりつつも、無意識に一歩下がった。

「なんですか、この感じは……。震えが止まらない」

ブリッツは震える自分の手をどうにか抑えながらも、まっすぐ〈ルルイエ〉を見る。目を逸(そ)らした一瞬の隙に、こちらがやられてしまう……そんな恐怖がある。

　私はゆっくり深呼吸をしながら、対ルルイエ戦を脳内で思い浮かべる。〈ルルイエ〉は基本的に、持っている長杖で魔法攻撃を仕掛けてくる。あとは単純に杖を振った際の強い風圧が襲ってきて押し戻されることもある。さらに後半になると、近くを飛んでいる二匹のコウモリの使い魔も攻撃に加わってきて厄介だ。

　強い攻撃には事前動作やタイミングがあるから、それを躱していけば死ぬことはない……と思いたい。その間に、なんとかして打開策を考えよう。

「ルルイエが杖を振ったら、できるだけ低姿勢になって！　風圧が来るから。最初の強い攻撃は足元が紫に光ったときに来るから、そのときは防御スキルで防ぐよ」

「「「はいっ！」」」

「はいですにゃ！」

　全員の返事を聞き、私は支援をかけていく。〈ルルイエ〉が攻撃を始めるまでは、ちょっとだけ時間があるので助かった。

　ブリッツが剣を振り上げて、〈ルルイエ〉に攻撃を仕掛ける。〈ルルイエ〉はそれを杖で受け止めるが、涼しい顔をしていてまったく攻撃が通っていない。

　ひゃー、強すぎるでしょう。

　もし〈ルルイエ〉をこのレベル体で倒すなら、ガチガチに装備を重ねて、〈ルルイエ〉戦に慣れていることが最低条件だ。

「にゃっ、〈ポーション投げ〉にゃっ！」

タルトが思いっきり〈火炎瓶〉を投げると、見事〈ルルイエ〉に命中した。しかし爆発音が耳に届いたのと同時に、〈ルルイエ〉が杖を振った。

「にゃあぁっ！」

すぐに反撃が来るとは思っていなかったらしいタルトは、その風圧に吹っ飛ばされて後ろへ転がってしまった。

「〈女神の守護〉！」

「〈ヒール〉！」

私とリロイがすぐにスキルを使うと、タルトはふらふらしつつもすぐに起き上がった。「ありがとうですにゃ」と言って前を見ているけれど、その足はわずかに震えている。

……そうだよね、怖いよね。

しかし〈ルルイエ〉は私たちの状況なんてお構いなしだ。足元が紫に光って、強力な攻撃が来ることを示している。

「わたしが！　〈女神の聖域（サンクチュアリ）〉!!」

「自分も！　〈聖なる盾〉!!」

ティティアとブリッツが防御スキルを展開すると同時に、〈ルルイエ〉の杖から光線のような攻撃がランダムで放たれた。壁や柱などにひびが入っているのを見ると、食らったらひとたまりもないことがわかる。

「今の攻撃の対処はよかったよ！　ほかにも、〈ルルイエ〉が空を飛んだときと、詠唱を始めたときに同じように対処してほしい。ただ、〈ルルイエ〉が杖を地面に突き刺したら……最初に衝撃波が来るから、それはジャンプして避けてほしいの。そのあと、すぐに防御スキル！」

「は、はいっ！」

〈ルルイエ〉の攻撃パターンはいくつかあるけれど、そこまで対処が難しいわけではない。単純に攻撃力と攻撃頻度が高いため難易度が高いのだ。

そしてさっきのタルトの〈ポーション投げ〉を見てもわかるように、〈ルルイエ〉は防御力も高い。なので火力不足のパーティだと倒すのに時間がかかるし、私たちのパーティのように火力武器がない場合は高レベルでもなければ倒すこと自体が難しい。

「――！　〈ルルイエ〉が杖を地面に突き刺したわ！」

「衝撃波が来るから、跳んで！」

ミモザの焦るような声に、私は指示を出す。次の瞬間、まるで大地に亀裂が入ったような光の線がこちらに伸びてきて、地面が揺れた。

――こんなの食らったら、ひとたまりもないよ!!

ゲーム時代はあまり気にならなかったけど、現実では大違いだ。あれを食らって生きていられる気がしない。

……まあ、実際はギリギリ生きていられはするんだろうけど。体の前に心を折られてしまいそうだ。

「ふー……」

次は最初と同じで、〈ルルイエ〉の足元が光った。先ほどと同じように防御して事なきを得る。

その後は何度か通常攻撃の風圧が来たけれど、身を屈めることでなんとか大ダメージを防ぐ。

「〈ポーション投げ〉にゃっ！」

「〈無慈悲なる裁き〉！」

「〈女神の鉄槌〉！」

「〈聖なる裁き〉！」

何度か攻防を繰り返すと、みんな攻撃のタイミングがわかってきた。しかし〈ルルイエ〉に致命的なダメージは与えられないでいる。ブリッツがポーションを飲んでマナを回復しているのを見つつ、このままでは私たちがやられるのも時間の問題だなと思う。

「〈身体強化〉〈マナレーション〉……はぁ、はっ」

何度も攻撃され、体力的にも精神的にもかなりしんどくなってくる。このままだとやばいと思う。

タルトの目なんて、虚ろになってきてる。

「どうしよう、ポーションが少なくなってきましたにゃ……」

……もしかして、死ぬ……？

そんな不安が自分の中に芽生えた。今までどんなときだって、前向きに頑張ってきたというのに。

「ううん。あきらめるのは、絶対に嫌」

私がそう宣言すると同時に、リロイが〈ルルイエ〉の通常攻撃に吹っ飛ばされてしまった。飛ばされた場所は入り口とは正反対の場所で、ルルイエの像がある。

……ゲームではあんまり気にしなかったけど、ここはきっと祈るための部屋でもあるんだろうね。

廃墟（はいきょ）ということもあってわかりづらいが、隅の方には壊れた椅子なども転がっていた。

「〈ハイヒール〉！　リロイ、大丈夫!?」

「ええ、なんとか。すぐに立て直して――!?」

「え……？」

リロイがルルイエの像に手をついて立ち上がると、ぱあぁっと光った。どうやらリロイが持っている何かが発生源みたいだ。

「いったい何が……？」

「いけない、〈ルルイエ〉の攻撃が来ます！」

ブリッツが不思議そうにこちらを見たが、すぐミモザの声が響く。〈ルルイエ〉は待ってはくれないのだ。どうにかして防御したところで、リロイがそれを懐から取り出した。

「それって……〈嘆きの宝玉〉!?」

〈嘆きの宝玉〉は、私が〈エルンゴアの楽園〉に行って倒したボス――〈エルンゴアの亡霊〉のドロップアイテムだ。リロイがギルドに高額の納品依頼として出していたので、私が納品したのだ。

……使い道がわからないアイテムだったけど、まさかこんなところで使うとは……。

ピンチな状況だけれど、新たな発見にドキドキしてしまう。仕方ない、だってゲーム時代にはなかった新発見なんだよ!?　テンションが上がるのも仕方がない。

と、私が一人で盛り上がっていると、ゴゴゴゴ……と音を立ててルルイエ像が動き出し、後ろ側に道が開けた。

「抜け道になっているみたいですね」

「え、つまり〈ルルイエ〉から逃げられるっていうこと!?」

リロイの言葉に驚きつつ、私はどうにか冷静に物事を考える。このボス部屋から逃げるすべがあるなんて、これまた初耳だ。先がどうなっているかはわからないけれど、〈ルルイエ〉に勝つことができないのだから、進む以外の道はない。

「――〈耐性強化〉〈不屈の力〉〈防御力強化〉〈女神の守護〉〈リジェネレーション〉〈マナレーション〉――」

私はリロイと協力してありったけの支援をかけて、「走って逃げるよ！」と叫んだ。

〈焼け野原〉

ルルイエ像の後ろの通路に出ると、ボスの〈ルルイエ〉が追ってくることはなかった。どうやら、この通路は完全にボス部屋との繋がりが切れているみたいだ。

……こんな場所があるなんて。

元からあったのだろうと思ったけれど——もしかしたら、ほかになんらかの要因があって、開いた道なのかもしれない。たとえば、私の〈聖女〉転職クエストや、ティティアの〈教皇〉関連。または、ゲーム自体の新パッチ。可能性がいろいろあって、考えてもきりがなさそうだ。

通路は廃墟になっていた修道院の内部とは違い、とても綺麗で、手入れが行き届いているような空間だった。等間隔に柱と明かりが設置されており、歩きやすい。

「いったいどこに続いているんでしょう」

リロイが周囲を見回しながら呟いたのを聞いて、私は脳内で地図を思い浮かべる。

「……〈常世の修道院〉の周囲にあるのは、私たちが通ってきた〈暗い洞窟〉と〈焼け野原〉がエレンツィの国内ですね。ここは国境に面してるダンジョンなので、ファーブルム側だと南に〈寂れた灯台〉があって、東には〈花捨て場〉があります。ファーブルム側はそこまで危険はないですが、〈焼け野原〉に出たら……かなり強いモンスターがいますね」

「なるほど……」

私はファーブルムから追放されているけれど、もし向こうに出てもこれは不可抗力だよね？　誰かそうだと言ってくださいお願いします……！

でも本当にファーブルムに出たら、こっそり〈転移ゲート〉の登録をしちゃおう。

「シャロンはどこに続くと思いますか？」

「うーん……。あまりよくはないですけど、〈焼け野原〉ですかね。元々ここへ続く道がある場所ですし」

ただの予想だし、もしかしたら予期せぬ場所に繋がっているかもしれない。ゲートのようなものがあって、まったく別の離れた地――なんて。

「あ、出口です！」

「――！」

ブリッツの声に、全員が前を見る。前方に外に繋がっている出入り口があった。扉一つなく、そこから吹きつけてきた熱風が私の髪を揺らす。

――ここ、〈焼け野原〉だ！

どうやら予想通りだったらしい。もしかしたらまったく知らない新天地へ!?　とワクワクしてしまったことは内緒だ。

「これは……聞いていた以上に酷(ひど)い場所ですね」

野原を見たリロイの頬(ほお)に、汗が流れた。

ここ〈焼け野原〉は、その名前の通り地面が燃えている野原だ。草木はほとんど焼けてなくなり、残った砂や石は熱せられている。歩くだけでも体力を削られるし、さらには地面からの熱さですぐ水分不足になるだろう。

リロイたちはこの状況こそ見るのは初めてのようだけれど、存在自体は知っていたみたいだ。

「すごく暑いですにゃ……」

「こんなところ、歩けるのですか……？」

タルトは耳をぺたりと下げて、ティティアも不安そうにしている。ブリッツは恐る恐る地に足をつけて、「熱ッ！」と声をあげた。

「え……本当にこんなところ、通っていけるのですか？」

ミモザが不安そうに前を見ると、なぜかリロイが私を見た。いや、タルトも私を見ている。何か解決策があると思っているみたいだ。

……まあ、あるけども。

「ここを歩くには、いくつか方法があります」

私がそう告げると、「「「おおっ」」」と歓声があがった。

「まず一つは、歩いても大丈夫なくらい装備を整えること。アイテムを使う方法もありますけど、あいにくアイテムもありません。これは無理ですね」

なのでこの案は却下だ。

「二つ目は、水や氷系統の魔法スキルで地面を凍らせたりしながら歩いていく方法です。モンスターと戦うときは調整が大変ですけど、できなくはないです。……問題はその魔法スキル所持者がいないことでしょうか」

あからさまに全員のテンションが下がった。これはかりはどうしようもないのだ。ココアがいれば、水系統の魔法スキルを使ってどうにかしてくれたと思うけど……残念ながら別行動中なのだ。

「三つ目は、私とリロイの支援スキルをかけながら強行突破することです」

「支援を……〈女神の守護〉をかけるということですか？」

リロイはそう口にしつつも、「攻撃ではないものを防げるのでしょうか？」と首を傾げている。

もちろん、防げるわけがない。

「違います。〈身体強化〉などで基礎能力を上げて、〈耐性強化〉で火の耐性を上昇させて……耐えながら歩いて、体力が減る前に回復するんです」

「…………なんという」

私の無茶ぶりのような提案にリロイが頭を抱えてしまった。しかし現状、そうするしか突破の手立てがないのだから仕方がない。

私たちにできることは、急いで野原から平和な草原に移動することだけだ。問題はここの敵が強い上に数が多いということだけど……レベル上げだと割り切って頑張るしかない。〈ルルイエ〉に挑むことを考えれば、百倍も一千倍も楽なのだから。

「それじゃあ出発しましょうか。〈身体強化〉〈攻撃力強化〉〈防御力強化〉〈耐性強化〉〈不屈の力〉〈女神の守護〉〈リジェネレーション〉〈マナレーション〉……っと」

私が支援を開始すると、リロイも同じように支援を行う。それが終わると、リロイはティティアに背を向けてしゃがみ込んだ。

……何してるんだろ？

「ティティア様、私の背中にどうぞ。地面が熱くなっていますので、怪我をしてしまう恐れがありますから」

「いいえ、わたしも歩きます。ありがとう、リロイ」

まさかのおんぶか！

確かにここの熱は、ティティアやタルトには厳しいだろう。二人とも背が低いので、地面の熱だって私たちに比べたら頭に届きやすい。

「……私はタルトをおんぶしようか？」

「自分で歩けますにゃ！」

割と真面目に言ったのだけれど、タルトに速攻で断られてしまった。顔を赤くして頬を膨らませているので、もしかしたら子供扱いされたと思ったのかもしれない。

「うーん……。でも地面が熱いから、もし辛くなったらちゃんと言ってね。ここのモンスターはすごく強いから」

「はいですにゃ」

タルトが頷いたのを見て、私たちはブリッツを先頭に歩き出した。

「〈ポーション投げ〉にゃっ！」

「〈女神の聖域(サンクチュアリ)〉!!」

タルトがスキルを使い、わらわらこちらに向かってくる〈火炎トカゲ〉を爆発させる。ワニに似た外見で、体力が高く倒すのに苦労する上、生息数が多いところも地味に厄介な、火を吐いてくるモンスターだ。

ここは火属性のモンスターだらけで、タルトの〈ポーション投げ〉の威力もあまり恩恵がない。もちろん、強いことに変わりはないのだけれど……。

どうにか倒し終わると、ブリッツがふーっと息を吐いた。

「ティティア様のスキルがある場所は熱くなくて快適ですね」

「ええ。これがなければ、かなり大変だったでしょうね」

ブリッツの言葉にミモザが全力で同意する。二人は前衛なので、一番動き回る。そのため体力の減りも早い。

〈火炎トカゲ〉をはじめ、〈マグマの妖精〉〈烈火猿(れっかえん)〉〈炎毒の壺(つぼ)ヘビ〉〈熱風竜〉が出てくる。名前を見れば予想はできると思うけれど、どれも熱いのだ。アチアチなのだ。正直に言うと川か何かに飛び込みたい。

「あ、前方に壺があります！〈炎毒の壺ヘビ〉ですね……。毒に注意してください」

ミモザが剣に手をかけて、大地をぐっと蹴り上げて間合いを詰めてスキルを使う。ヘビはまず壺を割ってからでないと、本体が出てこず倒せないのだ。そのくせ、壺を割らなくても攻撃はしてくるから面倒くさい。

壺が割れると、全員で一斉に攻撃を仕掛ける。壺さえ割ってしまえば、ヘビは体力が低く倒すのは比較的楽なのだ。

「〈リジェネレーション〉！　……そろそろ半分くらい来ましたかね？　早く草原に出たい――」

私が汗だくになりながらそう告げると、『ギュオオオオオォォッ』という声が辺りに響いた。

この声……!!

「いったい何が!?」

「あそこの地面が盛り上がってます！」

「〈女神の守護〉！　ティティア様は私の後ろに!!」

ブリッツが一歩前へ飛び出し、剣を構える。ミモザは周囲に視線を巡らせて警戒し、私とリロイは支援スキルをかけ直す。タルトとティティアはいつでも攻撃できる態勢を取った。

そして姿を現したのは、ここのフィールドに出てくるボス――〈ヒュドラ〉だ。

「にゃあああああぁぁぁっ、なんですにゃ、あれは!!」

タルトの尻尾がぶわわっと逆立って、全身で〈ヒュドラ〉を警戒している。というか、タルトだけでなく全員が目を大きく見開いて立ち尽くしている。

「なんだ、あのでかいのは……」

「〈ヒュドラ〉です。ここら一帯を縄張りにしている、ボスですね」

ブリッツに返事をして、私も〈ヒュドラ〉を見上げる。〈ヒュドラ〉はとてつもなく大きく、その体長は私たちをゆうに超える五メートルほど。全身を覆う赤く燃えるような鱗には強度があり、一つの体から五つの首が伸びている。

鱗の部分は物理攻撃も魔法攻撃も効きづらいけれど、どうにかひっくり返すことができればお腹の部分は鱗がないので大ダメージを与えることができる。

……〈ルルイエ〉は無理だったけど、〈ヒュドラ〉ならどうにか倒せる……かも？

それでもギリギリだけど、〈ヒュドラ〉は結構いい確率で落とす装備があるので、それがほしいというのもある。

「お師匠さま、どうやって逃げるんですにゃ!?　急がないと、〈ヒュドラ〉がこっちに来ちゃいますにゃ！」

「――ううん、倒すよ！」

「にゃっ!?」

私の言葉に驚きすぎたのか、タルトがぴゃっとその場でジャンプした。しかしすぐに、「わかりましたにゃ」と言って〈火炎瓶〉を握りしめた。

私の弟子、勇ましすぎる……!!

しかしリロイは冷静に私を見た。

「あの巨体を倒せるんですか!?」

「ギリギリいけると思います！」

「ギリギリ……」

私の返しに遠い目をしつつも、リロイは〈ヒュドラ〉を睨みつけた。逃げ切れないならば先手を取るしかないと判断したのだろう。まさにその通りだ。

「〈ヒュドラ〉を倒すには、まずはひっくり返してお腹の鱗がない部分に攻撃する必要があります。本当は風魔法か何かあるとやりやすいんだけど……今回は、全員で一斉に攻撃してその反動でひっくり返します」

この〈ヒュドラ〉、一度に一定以上のダメージを受けると倒れる仕様になっているのだ。一人で〈ヒュドラ〉を転がせたら一人前だ！　なんて言うプレイヤーもいたっけと思い出す。しかし一人前云々は必要ないので、全員でひっくり返すよ！

いつも通りブリッツに前衛を任せ、私とリロイで〈女神の一撃〉をはじめとした支援をかけていく。今回の攻撃の主力はタルトとティティアなので、〈ヒュドラ〉がひっくり返ったらもう一度二人に〈女神の一撃〉を速攻でかけ直す。

「ではいきます！」

ブリッツが〈聖なる盾〉を使い、〈ヒュドラ〉に突っ込んでいく。それに気づいた〈ヒュドラ〉は口から炎を吐いて攻撃してくるけれど、それはブリッツのスキルとかけておいた〈女神の守護〉によって防ぐことができた。

……うん、これならいけそうだ。

「今だ！」

私の合図とともに、全員が攻撃する。〈ヒュドラ〉は『ギャオオオォォッ』と悲痛な声をあげて倒れた。よし！

「「〈女神の一撃〉!!」」

「〈ポーション投げ〉にゃ！」

「〈無慈悲なる裁き〉！」

タルトの攻撃による爆発と、ティティアの攻撃で〈ヒュドラ〉がダメージを受けた。が、すぐに起き上がって吠(ほ)える。

「今の攻撃で倒せないの!?」

ミモザが青ざめた顔で〈ヒュドラ〉を見るけれど、さすがに五メートルもあるモンスターがたった二撃で死にはしない。

「たぶんあと一〇回くらい繰り返せば倒せると思いますよ」

「頑張りますにゃ！」

「ひえっ」

私が推定回数を告げると、タルトは燃えてティティアは顔を青くしている。

「〈ヒュドラ〉は残りの体力が一〇%を切ると、首をぐるぐる回して竜巻を発生させるから気をつけてね！」

「「「了解！」」」

「はいですにゃ！」

ちなみに竜巻に巻き込まれると空高く吹っ飛ばされてしまうので、かなり心臓に悪い。地面に打ちつけられるダメージもかなりのものだろうから、支援は切らさないよう、いつも以上に注意する必要があるね。

『ギャオオオォッ』

「――！　ティティア様!!」

ふいに、〈ヒュドラ〉の攻撃対象がティティアになった。先ほどの攻撃のせいで、ヘイトを稼いでしまったためだろう。

〈ヒュドラ〉が口を大きく膨らませた瞬間、ティティアはスキルを使った。

「〈平和の祈り〉！」

ティティアの声に呼応するように、空から光が降り注いだ。すると不思議なことに、〈ヒュドラ〉は視界からティティアが消えたかのようにうろうろと歩き出した。

……なるほど、これがヘイトリセットの効果か！　すごいね。

ティティアが使った〈平和の祈り〉は自身に向けられたヘイトをリセットするというスキルだ。

これにより、新たにヘイトが向けられたのは――タルトだ。

「にゃっ!?」

「相手は自分です!!」

しかしタルトに〈ヒュドラ〉が攻撃をするよりも早く、ブリッツが地面を蹴り上げて跳躍した。

そして剣を振りかざし、自身に〈ヒュドラ〉のヘイトを向けるために斬りつけた。

「〈聖なる裁き〉!!」

『ギャオオォッ!』

ブリッツの予想通り、〈ヒュドラ〉の意識がタルトから移った。これで前衛が〈ヒュドラ〉を受け持ち、後衛が攻撃するというお決まりの戦闘パターンに持っていくことができる。

「よし、このまま一気に畳みかけるよ!〈女神の一撃〉!」

「〈女神の一撃〉それから――〈女神の鉄槌(てっつい)〉!!」

リロイの攻撃に合わせるように、ブリッツ、ミモザ、タルト、ティティアも攻撃する。私はすぐに〈女神の一撃〉をかけ直し、回復などのフォローに回る。

〈ヒュドラ〉が『ギュオオッ』とうめき声をあげたので、先ほどと同じようにフルボッコだ。とはいっても、やはりすぐに起き上がってしまったけれど。

……ダメージが蓄積すれば〈ヒュドラ〉がひっくり返っている時間も増えるから、地道にやっていくしかないね。

私はポーションを飲んでマナを回復させて、「もう少し頑張ろう!」と声をかけた。

それから何回も同じように〈ヒュドラ〉を転がせて攻撃し、というのを繰り返した結果――〈ヒュドラ〉は今までよりも大きな声で吠えた。

『ギュルオオォォォォォオ!!』

「……っ、すごい声」

「頭に響きますにゃ！」

叫び声の波動で細かい砂が飛んできて、地味に痛いが……避けている余裕はない。なぜなら、今から竜巻攻撃が来るからだ。

〈ヒュドラ〉の体力が一〇％を切ると、その足元に薄い風が発生するからすぐにわかる。攻撃力が上昇するので体力管理に今までより注意が必要になってくる。

「竜巻が来るから注意して！　今のうちに回復もしてね！」

「お師匠さま、ポーションがもうないですにゃ……！」

「………………………えっ!?」

タルトの言葉に一気に血の気が引いた。

「私の在庫も……ほぼない！」

うっかりしていた。ゲーム時代はＮＰＣの商店の在庫に限りがなかったから、持てるだけ〈鞄〉と〈簡易倉庫〉に入れていた。だから回復アイテムがなくなるということは、ほとんど想定しないまま生きてきてしまっていた。

……でもそうだよね、あれだけ修道院で狩りをしまくって、〈ルルイエ〉の攻撃も防いで、ってしていて、回復アイテムが尽きないわけがなかったよ！

あー、やらかした。

どうしようどうしようと思っていたら、〈ヒュドラ〉が『ギュオオオオンッ』と雄叫びをあげた。

「いけない、竜巻攻撃が来る!!」

「にゃっ、にゃああぁぁっ！」

「タルト!!」

一瞬油断した隙(すき)に、タルトに〈ヒュドラ〉の竜巻が直撃した。私が慌てて〈女神の守護〉をかけ、リロイが〈リジェネレーション〉をかけたけれど……大ダメージは免れないだろう。

「自分が受け止めます！」

「ブリッツ！」

「……っ、わたしは結界を！〈女神の聖域(サンクチュアリ)〉！」

各々ができることをして空に舞い上がるタルトを助けようとしていたとき、ふいにタルトの悲鳴が途切れて「にゃっ!?」と驚いた声が聞こえた。そして私たちに落ちる、黒い影が――。

「……ドラゴン？」

「大きい、です……」

リロイが空を見上げて、影を落とした正体を呟いた。隣にいたティティアは口を大きく開けて、あっけにとられている。

「って、あれって〈竜騎士〉のドラゴンだ！」

「ということは、通りすがりの方がタルトを助けてくれたのでしょうか？」

私がさらに正体を告げると、ティティアの顔に安堵(あんど)の色が浮かぶ。……が、リロイたちは難しい顔をしている。

「〈竜騎士〉の多くは、エレンツィと敵対しているファーブルムに所属しています」

「あ……っ！」

もしかしたら、裏でロドニーと手を組んでいる可能性もある。空に投げ出されたタルトを助けてくれはしたけれど、相手がいい人かどうかはわからないのだ。

——どうする？

嫌な緊張が周囲を包む中、『ギャオオオッ』という〈ヒュドラ〉の声が響いた。そうだ、〈ヒュドラ〉の存在をすっかり忘れるところだった！

「ティー！〈女神の一撃〉」

「任せてください！〈無慈悲なる裁き〉！」

「ミモザ！〈女神の一撃〉」

「はい！〈聖なる裁き〉！」

「——〈嘆きの竜の一撃(ドラゴンランス)〉！」

私とリロイがティティアとミモザにスキルを使うのと同時に、空からも攻撃が降ってきた。〈竜騎士〉が使う高火力の一撃だ。それもあり、〈ヒュドラ〉は光の粒子になって消え、ドロップアイテムが残った。

〈ヒュドラ〉を倒せたのはとても嬉(うれ)しいし、レベルも上がった。しかし上空の〈竜騎士〉が誰かわからない状態では、油断できない。

私とリロイが厳しい顔をしていると、ドラゴンがある程度低空まで来たところで、ケントとココアが飛び降りてきた。ケントは腕にタルトを抱えている。

「「え？」」

まさかの再会に、全員で思わず間抜けな声を出してしまった。ケントとココアがドラゴンの方に向かって手を振ると、ドラゴンはそのまま飛んでいってしまった。

……え？　どういうこと!?

「ただいま、みんな。無事に合流できてよかった！」

「お待たせしました！」

「助かったですにゃ～」

とりあえず、去ってしまった〈竜騎士〉は敵ではなかったみたいだ。私はそのことにホッと胸を撫でおろし、ケントたちに飛びついた。

「おかえり二人とも！　タルトも無事でよかった」

「おう！　にしても、熱いぞここ!!」

「私が……〈ウォーターボール〉！」

ココアが水の弾を地面にぶつけると、ジュワッと音がして一気に温度が冷えていく。氷魔法ほどではないけれど、これである程度は熱が抑えられるだろう。

「積もる話もあるけど……今は急いで草原に行くよ！」

「わかった！」

私たちはココアのスキルで快適な道を作ってもらいつつ、どうにか無事に草原へ辿り着いたのだった。

エピローグ

「まさか本当に〈ヒュドラ〉がいるとはなぁ……」

俺は遥か上空から地上を見下ろす。ちょうど〈ヒュドラ〉は倒せたみたいで、光の粒子となって消えるところが目に入った。

「すげぇな……。見たところまだ若い奴らだけのパーティだってのに、倒しちまうのか」

これには純粋に驚いた。俺も一撃は入れたけれど、あれだけで〈ヒュドラ〉は倒せない。かなりダメージを負わせていたのだろう。

「ケントとココアは無事に合流したみたいだし、行くか」

相棒のドラゴン――マッハを操って、俺は〈焼け野原〉の上空から草原方面へ移動する。目指す目的地は〈聖都ツィレ〉だ。そこで目的を果たせるかはわからないけれど、大きな街だけあって手掛かりを掴むにちょうどいいと考えた。

「ツィレにシャルがいればいいんだがな……」

俺はそうぼやきながら、マッハに「飛ばすぞ」と指示を出して先を急いだ。

ツィレの近くでマッハから下りて、外套を羽織り徒歩で街へ入った。さすがにドラゴンで街に入ったら騎士やら何やらが出てきて大変なことになることはわかってるからな。

俺は〈ファーブルム王国〉に所属している〈竜騎士〉なので、本来そう簡単に敵対しているこの国――〈エレンツィ神聖国〉に来ることはできない。

今回、この街へ来た目的は二つ。

一つは妹シャーロット――シャルに会うこと。王太子が王の許可も取らず、独断でシャルを国から追放しやがった。したがって二つ目の目的は、エレンツィにいるらしい王太子をぶん殴ることだ。

「とはいえ……母上はシャルが好きにやっているようなら、何もせず見守っているようにと言っていたが……か弱いシャルが冒険なんて、無理に決まってるだろうに……」

もしかしたら今頃、怪我をして泣いているかもしれない。

「手紙は心配かけまいと都合のいいことを書いた可能性だってある。シャルは家族思いの優しい妹なんだ。兄の俺が力になってやらないと……」

今でも目を閉じれば、「ルーディットお兄様」と俺を呼ぶシャルの姿が脳裏に浮かぶ。俺が任務で王城から離れていたとはいえ、シャルを助けられなかったことが悔やまれる。

「……っと、まずは情報収集をしよう」

ケントとココアにも聞いてみたが、シャーロットという冒険者に心当たりはないと言っていた。あの二人はツィレとスノウティアで冒険者をしていたと言っていたので、ツィレで情報を得られなければそれ以外の街に行った方がいいかもしれない。その場合は、〈港町トルデンテ〉か。

……ふむ。浜辺を散歩するシャルはさっと可愛いだろう。

ああ、ケントとココアは、ケントが二次職になるための試験で出会った冒険者だ。ケントは年齢の割に礼儀がしっかりしていて、俺が戦闘知識を教えたり鍛錬をつけてやったりすると、嬉しそうに食いついてきた。根性もあり、好感が持てる人物だ。

……またどこかで会いたいものだな。

「ひとまず〈冒険者ギルド〉に行ってみるか」

そこならある程度の情報もあるだろうし、ケントがたまたまシャルに会わず知らなかっただけという可能性だってある。

「しかし……なんというか街の雰囲気があまりよくない気がするな」

明確にこうと説明することは難しいが、住民に覇気がないように感じられるのだ。周囲の店を見る限り、物流や物価に問題はなさそうなので、なんとなく不穏だ。

そうこう考えているうちに、ギルドに着いた。ツィレのギルドは東門と中央広場の間あたりにある。さすが聖都のギルドだけあって、でかい建物だ。

ギルドに入ると、「こんにちは！」と黄緑色の髪の、エルフの受付嬢が声をかけてくれた。活気があっていいギルドだ。

「すまない、情報がほしくて来たんだが……」

「はい。どうされましたか？」

「人を探してるんだが、シャーロットという人物はこのギルドを利用しているか？」

「シャーロットさんですか……少々お待ちくださいね」

受付嬢はぱっと思い当たる人物がいなかったようで、一度下がっていった。どうやら確認するか、ほかの人間に聞いてくれるみたいだ。

「ギルドだと、よほど強い奴じゃないと覚えることもないだろうしな……」

シャルのようなか弱い女性では、ギルドの職員に覚えられることもないだろう。俺がそう思い納得していると、受付嬢が戻ってきた。その表情は眉が下がっているので、きっとシャルはこのギルドを使ったことがないのだろう。

「お待たせしました。シャーロットさんという方なんですが、ツィレのギルドを利用した記録はありません。冒険者の方なんですか？」

「冒険者をしていると手紙が来たんだが、もしかしたら心配させまいとする妹の嘘だったのかもしれない」

「妹さんでしたか……。冒険者以外にも……すみません、私には心当たりがなくて」

申し訳なさそうにする受付嬢に、「気にしないでくれ」と首を振る。この件でギルドに悪いところなんて、一つもないのだから。

しばらくツィレの街で探索してから港町へ行こうかと思ったところで、目的がもう一つあることを思い出した。こっちならギルドでもある程度は把握しているだろう。

「あともう一つほしい情報があるんだ。この街にファーブルムの王太子が来ていると聞いたが、何か知らないか？」

「――――！」

受付嬢の肩がピクリと揺れたので、こちらは何かしら情報があるようだ。ただ、それを教えてもらえるかはわからないが……。

「あー……そうですね、そういった噂はありますね。ただ、私たち〈冒険者ギルド〉は中立の立場なので、どちらかに肩入れすることはできないんですよ」

だからごめんなさいと、受付嬢は再び申し訳なさそうにした。

「いや、ギルドが中立だということは俺も知っている。無理を言うつもりはないから、そんなに気にしないでくれ」

「そうですか？　ありがとうございます」

俺の言葉にホッとしたようで、受付嬢はへにゃりと微笑んだ。

「ほかには何かありますか？」

「いや、特にな――ああ、そういえば……」

「？」

人間の情報を得るのは難しいが、街の情報であれば問題なく教えてくれるはずだ。俺はこの街で先ほど覚えた違和感を受付嬢に話してみた。すると、なんとも怒りが湧くような答えが返ってきた。

「街の中央広場に〈フローディア大聖堂〉があるんですけど、そこでお祈り料金を取るようになったり、フローディア像のある部屋への入室ができなくなったりしたんです。大聖堂の方針がいきなり大きく変わって、街の人は戸惑ってるんだと思います」

「大聖堂といえば、多くの神官や巫女がいて癒しを与えてもいるだろう？」

「はい。その料金もすごく上がっていて、そう簡単に治癒をお願いできなくなりました」

受付嬢の話を聞き、どこの国のトップもどうしようもないなと思う。ファーブルムはまだしも、エレンツィの教皇は平和を愛すると聞いた気がしたが……がっかりだ。

「あなたも大聖堂へ行くときは気をつけてくださいね。中を見るにも、寄付が必要になってしまいますから」

「ああ。助言感謝する、ありがとう」

俺はいろいろ教えてくれた受付嬢に礼を告げ、ギルドを後にした。


シャルを探す当てがない俺は、なんとなく〈フローディア大聖堂〉へやってきた。もしかしたらシャルが観光に来ている可能性もゼロではないからだ。

……シャルの姿は見えないが、一応入ってみるか。

俺は寄付金を支払い、大聖堂の中を見てみることにした。

いつもは騎士団にいることが多いので、大聖堂の荘厳な雰囲気はなんだか肌に合わない。静かにしていなければいけない空間は、あまり得意ではない。すると、通路の先――曲がり角の奥の方から微かに「まだ見つからないのか？」という声が聞こえてきた。

内緒話をしているようだが、俺は耳がいいので丸聞こえだ。

どうやら話をしているのは、神官と大聖堂の騎士のようだ。

「ティティア様の捜索は難航中だ。……リロイの死体も出ていないので、生きている可能性が高い。ほかにも、何人かの〈聖騎士〉の行方がわからないままだ」

「ロドニー様が修道院からお戻りになるまでに探さなければ、またお叱り(しか)を受けるぞ」

「ああ……」

女神フローディアに仕える大聖堂の者たちの会話にしては、随分と物騒だ。もう少し会話を聞いてみた方がいいだろう。

「教皇がロドニー様になったと大々的に発表もしなければいけないが、懸念事項が多すぎるな」

「ティティア様はお優しい方だから、捕らえている騎士の命と引き換えだと言えばのこのこ出てくるのではないか？　慈愛に満ちた教皇様だからな」

「馬鹿、教皇はもうロドニー様だ。誰かに聞かれたら首が飛ぶぞ！」

男は慌てて口を手で押さえて、周囲を見回しながら立ち去ってしまった。


「なるほど、反逆が起きているということか」

元々の教皇はティティアという人物だったが、その地位を欲したロドニーという人物が本格的に乗っ取るために動いたのだろう。結果、ロドニーの方が優勢で、ティティアという元々の教皇が苦戦しているようだ。

あまりエレンツィに長居するのは得策ではないだろうが……荒れているのであればシャルのこと

が心配だ。下手（へた）をして、大聖堂のごたごたに巻き込まれでもしたら……。

やはりなんとしても助け出し、兄である自分が守ってやる必要があるだろう。俺は大聖堂を後にして、さらなる情報収集をすることにした。

番外編

二人で憧れの〈二次職〉へ！　ケント

俺とココアは二次職に転職するため、〈転移ゲート〉を使って故郷の〈牧場の村〉へ行き、そこから馬で移動することにした。馬で一日中駆ければ、夜には〈ファーブルム王国〉の〈王都ブルーム〉に着くだろう。

「ケント、家に寄らなくてよかったの？」

「ああ。今は時間が惜しいからな。早く二次職になって、シャロンと合流しないと」

それに実家に寄ったら、おふくろがなかなか離してくれなくて出発が遅くなりそうだという懸念もあった。話が長いんだ……。

俺が理由を告げると、ココアは苦笑しながら「そうだね」と頷いた。

しばらく進むと、〈旅人の宿〉に到着した。

「ここからファーブルムなんだよな……？」

「うん。違う国って初めてだね……」

〈旅人の宿〉は草花が一面に広がる草原だった。大きな宿が一軒と、その横には野宿をする冒険者にテントなどを貸し出す家。それから、屋台などがいくつかあって賑やかだった。

周囲を見回してみると、何組かの冒険者がテントを畳んでいる。おそらく出発するのだろう。俺たちはここには泊まらず、少し休憩したらブルームまで行く予定だ。

ココアが鼻をふんふんさせて、「いい匂いだねぇ」と屋台を見た。

「わかる。俺もいい匂いだと思ってたんだ」

屋台から漂ってくるのは、暴力的な肉の匂いだ。これを食べたくない冒険者がいるだろうか？　いるわけがない！

「よしっ、ブルームに入る前の腹ごしらえだ！」

「いっぱい食べよう！」

俺もココアも食べる気満々で、今はシャロンたちと狩りの連続だったため懐もそこそこ温かい。俺たちは何を食べようか迷いながらも、半分こにしたりしながらすべての屋台を網羅した。

果実水を一気にあおって、俺は大きく息を吐く。

「…………食べすぎた」

「ケントってば……」

「どれも美味そうだったんだよ」

そして実際、美味かった。

「ちょっと長めに休憩して、出発しようか」

「そうだな」

三十分ほど食後の昼寝をして、その後に軽く鍛錬をして、俺たちは出発した。

「やばいな、予定より遅れてる」

「このままだと、下手したらブルームに着く前に夜中になっちゃいそうだね。どうしよう、ここで野宿にする？」

今、俺たちがいるのは〈旅人の宿〉と〈王都ブルーム〉のちょうど中間地点だ。どちらかといえば、ブルーム寄りだろうか。

屋台で食べすぎてちょっと休憩が長引いてしまい、俺たちは予定より進み具合が遅くなっていた。加えて、ここまで急ぎの長距離移動が初めてだったというのもある。ペース配分が難しかった。ココアが言う通り、ブルームに着くのは夜遅めになるだろう。

……こんなとき、シャロンならどんな判断をするだろう？

無理せず、安全な場所を見つけて野宿をするだろうか。それとも、野宿は危険だからと無理をしてでも街へ行くだろうか。

「…………」

俺が悩んでいると、頭上からバサッという音とともに影が落ちてきた。

「ケント、あれ！　ドラゴン!!」

「は!?」

ココアが目を見開いて空を指さしたのを見て、俺も上を見る。以前戦った〈ワイバーン〉よりも大きなドラゴンに、思わず足が震えた。

「ど、どういうことだ!?　こんな街道沿いの草原にドラゴンが出るなんてあり得ないだろ！」

事前に調べていたモンスターの情報にも、ドラゴンなんてなかったはずだ。どうする!?　逃げるか!?　逃げられるのか!?

でも、ココアだけはなんとしても守らねぇと……!!

俺が剣に手をかけたところで、ドラゴンが喋(しゃべ)った。

「こんな時間に、こんなところで子供が二人は危ないぞ？　夜までに街に行くのも宿に戻るのも難しいだろ」

「「──!!」」

喋ったと思ったのも束(つか)の間(ま)で、ドラゴンはすぐに地面へ降り立った。しかもよく見ると、その背中には人が乗っていた。思ってもみなかった展開に戸惑うも、俺はすぐに思い当たった。

「もしかして……〈竜騎士〉？」

「ああ。俺は〈竜騎士〉のルーディット・ココリアラだ。ブルームに帰る途中だったんだが、ちょうど上からお前たちが見えてな」

ルーディットと名乗った〈竜騎士〉は、シャロンと同じ瞳の色をしていた。髪はローズレッドで、長髪をポニーテールにしている。整った顔立ちに、鍛え抜かれた体。おそらく二〇歳前後だろう。着ているのは騎士服で、黒を基調にしたデザインと、差し色には宝石のルビーのような赤色が使われている。着崩しているけれど、それがまた俺には格好良く見えた。

「俺はケント、〈剣士〉です」

「ココアです。職業は〈魔法使い〉です」

「すみません、俺たちを心配して降りてきてくれたんですね」

俺がそう謝ると、ルーディットさんは頷いた。「このままだと、野宿するしかなくなるだろ？」と。

「お前たちが走ってた方向的に、目的地はブルームだろう？　乗せてってやるよ」

「「――っ!?」」

思いがけない言葉に、俺とココアは言葉をなくす。だってまさか、憧れの覚醒職の〈竜騎士〉にそんな風に言ってもらえるなんて思わないだろう!?

……これはお言葉に甘えても……いいのか!?

ちらりと横にいるココアを見ると、その顔には驚きと戸惑いの色が浮かんでいた。そうだろう、俺も同じ気持ちだ。

ルーディットさんはルーディット・ココリアラと名乗った。家名がある貴族だ。そんな人に、俺たちはブルームに送ってもらっていいのだろうか……？　というか、ルーディットさんなんて失礼じゃないだろうか。ルーディット様と呼んだ方がよさそうだ。

俺がどうすべきか考えていると、ルーディット様が俺の頭にぽんと手を置いた。

「子供が遠慮する必要なんてねぇよ。ほら、早く行かないと到着が遅くなる」

ルーディット様の言葉に俺はココアと顔を見合わせて、どうしようか思案するも――「早くしろ！」という催促の言葉に、思わず「はい！」と返事をしてしまった。

「へえ、ケントは二次職になるためにブルームに向かってるのか」

「は、はいっ！」

ルーディット様、ココア、俺の順番でドラゴンの背に乗っている。ココアはかなり緊張しているようで、喋っているのは俺とルーディット様ばかりだ。

ドラゴンの背——遥か上空で、俺はドキドキしながら返事をした。下を見ると木々などがとても小さく見える。森を上から見下ろす機会なんて、そうそうない。

「二次職になるための試験を受けるっていうなら、俺が案内してやるよ。騎士団で受付してるからな」

「え、いいんですか!?　ぜひお願いします！」

「おお、任せておけ。なんなら手合わせをしてやってもいいぞ」

笑いながら言うルーディット様に、俺は思わず食い気味で「お願いします！」と叫んでしまった。かなり驚かれたけど、「いいぜ！」と笑ってくれた。ルーディット様はかなり気さくな人みたいだ。

「どっちに転職するんだ？」

「〈盾騎士〉です。攻撃はココアがいるので、俺は前に立ってモンスターから仲間を守れるようになりたいんです」

「ちゃんと考えてるんだな。パーティを組んでるなら、メンバーとの相性を考えるのは大事だ」

ルーディット様はうんうん頷き、「感心だ」と言ってくれた。

「でもな、一度選んだらもう違う職業に変更することはできない。事前に考えることも大事だが、最後は自分の直感を信じるんだ。後悔しないようにな」

転職とは――自分の職業の上位職になることを指す。違う職業になるということではない。ただ例外があるとすれば、二次職になる際などの分岐点だ。〈剣士〉の俺がなれる二次職は〈騎士〉と〈盾騎士〉の二つ。〈騎士〉は覚醒職〈竜騎士〉になることができ、〈盾騎士〉は覚醒職〈重騎士〉になることができる。ただ、どちらも茨の道で、辿り着くことは難しいと言われている。

「――！　わかりました！」

俺はぐっと拳を握って大きく頷いた。

それからしばらく飛んでいると、夜になる前に無事ブルームに到着した。ドラゴンの飛ぶ速度には、本当に驚かされる。まさかこんなに早く到着するなんて……。

ブルームは、花がたくさん咲いている街だった。道には花壇があり、植木鉢の数も多い。それから広い屋敷がいくつもあって、立派な庭園が視界に入る。さすがは〈ファーブルム王国〉の王都だけある。

……あんな立派な庭園、初めて見た……。

うちの庭じゃ、せいぜい野菜が植わっているくらいだ。あんなに花をたくさん植えて、薔薇園みたいなのを作るのは貴族くらいじゃなかろうか。

俺とココアが王都を見下ろして楽しんでいると、ルーディット様はまっすぐ王城へ向かっていった。

……王城？

ハッ、そうか！　ルーディット様は貴族で騎士団で、王城に勤めているんだ!!　今更ながらに思い至った事実に、俺はオロオロする。街の外、門の前あたりで降ろしてもらえばよかった……！

「騎士団に直で連れてってやれたらよかったんだが、ちょっと王城に用があってさ」

「あ、はい……」

ルーディット様は王城の裏手にある開けた場所に着地した。すると、すぐに数人の騎士たちが駆け寄ってきた。

「「おかえりなさいませ、ルーディット様！」」

「ああ、今帰った」

めちゃくちゃ偉い人じゃんか～～～～～!!

いや、こんなに若くして〈竜騎士〉なんだから偉いに決まってる……。俺の推測がお粗末すぎたんだ……。ココアはなんとか笑顔を保っているけれど、若干顔色が悪い。

「ルーディット様、そちらの二人は？」

「〈盾騎士〉へ転職しに来たケントと、そのパーティメンバーのココアだ。縁があってな、連れてきたんだ。……そういえば、今の時間は夜番の〈騎士〉たちが訓練してる時間だったか？　ケント、お前も少し交ざってみたらどうだ？」

「え、い、いいんですか……？　俺なんかが……」

ルーディット様からの思いがけない提案に驚くと、「構わない」と言葉が返ってきた。騎士たちも、

「転職のモチベーションが上がるかもしれませんね！」と歓迎してくれているみたいだ。

「ぜひお願いします！」


俺が返事をすると、「では行きましょうか」と騎士が案内をしてくれた。ルーディット様は、用事があって席を外さなければいけないらしい。

案内をしてくれる騎士の後ろを歩きながら、俺はココアに小声で声をかけた。

「ごめん、勝手に決めて……」

「まあ、あの場合はしょうがないよ。それに、ケントだったら絶対お願いするだろうと思ってたしね。騎士様にしごかれて、強くなってきてよ」

「お、おう……！」

どうやらココアにはすべてお見通しだったみたいだ。先ほどまでの緊張も解けてきたみたいで、今は周囲を見ながら歩く余裕もあるようだ。


それから数分歩くと、鍛錬場に到着した。

鍛錬場のドアを開けると、ブン！　と、木剣を振って風を切る音が聞こえてきて圧倒された。思

わず心の中ですげぇ！　と感嘆の息をもらす。

鍛錬場は横が二〇〇メートルほどの広さがある、大きな施設だった。壁際にはずらっと打ち込み用の人形が並び、奥には道具をしまっているだろう部屋がある。そして何より――大勢の騎士たちが鍛錬していた。

ふと見ると、一番奥に、大きな盾を持っている人がいる。その盾で攻撃を防ぐ姿はまるで山のようで、びくともしていない。すぐに俺が目指している〈重騎士〉だということに気づく。

「すげぇ、俺じゃあんな攻撃は防げない……」

前衛にあれだけの防御力があったら、きっとパーティメンバーは安心するだろう。俺も、仲間から安心して前を任せてもらえる前衛になりたい！

――俺もいつか、あの人たちと同じ〈重騎士〉になるんだ。

「ケント君だったか。私はベルクレット・ディーク。ルーディット様の部下で、職業は〈騎士〉だ」

「はい！　俺は〈剣士〉です。今回、転職のためにブルームに来ました」

ベルクレット様は近くの騎士に木剣を二本持ってこさせて、そのうちの一本を俺に渡してくれた。

「せっかくだから、模擬戦をしてみようか」

「――！」

まさか、〈騎士〉直々に鍛錬をしてくれるとは思わなかった。俺が驚いていると、ベルクレット様は模擬戦の説明をしてくれた。

「使える武器はこの木剣のみ。ケント君が持っているのも剣だから、ちょうどいいだろう。最初の五分間は木剣での打ち合いのみ、その後はケント君のみスキル使用可としよう。さすがに、〈騎士〉の私がスキルを使うと差がつきすぎてしまうからね」

「わかりました」

ベルクレット様が構えたので、俺も頷いて木剣を構える。軽く深呼吸をしてから前を見ると、ベルクレット様はじっとこちらを見ているだけだ。きっと、俺が踏み込んでいくのを待ってるんだろう。


……だったら、全力でいくだけだ！

俺は床をぐっと蹴り上げて、一気に加速する。シャロンたちと〈オーク〉をはじめ、〈深き渓谷〉で必死にレベル上げをしたんだ。俺はレベル以上に、自分の体の成長を感じてる！

「――――！　速いな!!」

ベルクレット様は驚きの声をあげるも、木剣でなんなく俺の攻撃を受け止めた。かなりいい瞬発だと思ったけれど、やはり〈騎士〉というだけあって段違いの強さだ。俺はそのまま一撃、二撃、三撃……と剣を振るう。が、すべてを防がれてしまう。

「これは……想像以上に、剣の筋がいい。よく鍛錬しているのがわかる」

「ありがとうございます！」

褒められて嬉しいはずなのに、ベルクレット様にはまったく当たらないため素直に喜ぶことができない。せめて一撃、と思いながら剣を振るう。

「はっ、はぁ……っ！」

いつもはこんなに早く息が上がることはない。対人間だから、モンスターと違って考えることが多い。それで体力や精神力の減りが早いんだろう。加えて、今はシャロンとリロイ様の支援が一切ない。

……支援に慣れると、一人になったときこんなにキツイのか！

しばらく打ち合いを続けていると、俺たちの模擬戦を見ていたほかの騎士が「五分です！」と声をあげた。ここから、俺はスキルを使うことができる。

「さあこい、ケント君！」

「いくぜ！〈竜巻旋風〉!!」

「！　いいスキルを持っているな」

ベルクレット様は後ろに三回ジャンプして、俺の竜巻を避けた。範囲攻撃だっていうのに、なんなく避けられてしまった。

……くっそぉ。〈剣士〉と〈騎士〉っていうだけで、こうも違うのか。

かといって、俺は攻撃に使えるスキルはあまり持っていない。基本的に前衛をするためにヘイトを溜めたり防御力を上げたりするスキルがほとんどだ。とはいえ、俺だって何もできないわけじゃない。

俺は木剣で攻撃を仕掛けて、様子をうかがう。

「なんだ、スキルはもう終わりか!?」

「……っ」

ベルクレット様はさっきよりも攻撃スピードを上げて、俺に打ち込んでくる。正直に言って、受けるだけで結構いっぱいいっぱいだ。モンスターと違って、思考があるからやりづらい！

……だけど、必ず勝機は来るはずだ。

「まあ、どんなスキルを得られるかは運だからな……。これだけ剣の腕があるのだから、十分だろう。そろそろ――」

「〈猫だまし〉!!」

「うわっ!!」

調子に乗って喋り始めたベルクレット様に、俺は相手が一瞬ひるむ〈猫だまし〉を使った。モンスターにも効くけれど、人間にもかなり有効だとシャロンが教えてくれた。俺はベルクレット様がひるんだ隙(すき)を逃さず、スキルを使う。

「俺の一番の持ち技だ！　〈一撃必殺〉!!」

「うわっ、……っ!!」

ベルクレット様が俺の攻撃を食らって尻もちをつくのと同時に、見ていた〈騎士〉から「そこまで!!」とストップがかかった。

「――しゃっ！」

俺は大きく息を吐いて、どうにか呼吸を落ち着かせる。スキルを使ったとはいえ、〈騎士〉から一本取れたのは純粋に嬉しかった。

「はっ、はっ、はっ……」

呼吸を整えてると、「すごいじゃないか！」と拍手が鍛錬場に響いた。見ると、入り口のところにルーディット様がいる。

「まさかベルクレットに勝つとは思わなかった。……どうだ、ケント。俺とも一勝負しないか？」

「！　お願いします!!」

「おお、やる気だな。少年はそれくらい元気があった方がいい」

さっき鍛錬の約束をしてくれたとはいえ、本当に〈竜騎士〉と模擬戦ができるなんて……！　初めて会った〈竜騎士〉という職業（ジョブ）に、俺はどうしようもなくドキドキしている。

「では、私が間に立ちましょうか。木剣でいいですか？　ルールは、五分後以降ケント君のスキル使用可です」

「いや、最初からスキルを使って全力でこい」

「……っ、はいっ！」

ルーディット様は軽く木剣を構えて、「いつでもいいぞ！」と余裕の表情だ。俺はすぐに突っ込んでいきたい気持ちを抑え、どうすればいいか考える。

……まったく隙がない!!

ベルクレット様も強かったけど、ルーディット様は強さの桁が違う。対峙（たいじ）しているだけで、それがわかってしまう。下手に斬り込んでいったら、一瞬で負けてしまいそうだ。緊張で手に汗が浮かび、ぐっと木剣を握りしめる。

「なんだ、こないのか？」

「つ、いきます!!」

さっきベルクレット様に使ったから、〈猫だまし〉はルーディット様には効かない気がする。だったら――

「〈竜巻旋風〉!!」

「それくらい防ぐのは――なに!?」

俺が使ったスキルはルーディット様へではなく、その手前の低い位置だ。スキルを使うと同時にジャンプをして、竜巻の風を利用してルーディット様の後ろ側へ回り込んだ。

――これならいける！

「〈一撃必殺〉!!」

決まった！　しかしそう思ったのも一瞬で、ガキンと木剣のぶつかる鈍い音が響き渡った。ルーディット様が腕だけを後ろに回して、俺の攻撃を受け止めていた。

……強い！

「なかなかいい筋してるが、まだまだだ！」

「ぐあっ！」

ルーディット様が振り向きざまに木剣を振ったのを見て慌てて受け止めたが、その力強さで後方へ吹っ飛ばされてしまった。

「いてて……」

これでもスキルを防御に振った前衛なのに、ここまで歯が立たないとは思わなかった……。ルーディット様、強すぎる。

「はい、そこまでです！」

ベルクレット様が手を叩(たた)いて終了の合図をした。すると、すぐにココアが「大丈夫？」と俺のところに駆け寄ってきた。

「ああ、大丈夫だ。ちょっと擦りむいたくらいだから、すぐ治る」

「そう？　よかった。でもすごいね、ケント。覚醒職の人と模擬戦なんて、家を出たときには考えられなかったもん」

「それは確かに……そうだな」

ココアの言葉が、なんだかとてもしっくりきた。

「……うん。俺はまだ冒険者を始めたばっかりだから、これからどんどん強くなるんだ。負けたのはやっぱり悔しいけど、もっと強くなれるってことだもんな」

「一緒に強くなろう！」

俺たちが笑顔でそう話していると、ルーディット様が「いいパーティだな」と声をかけてくれた。ベルクレット様も、隣で頷いている。

「よし、せっかくだから鍛錬の様子を見ていくといい。見ることも少しは糧になるだろうからな」

「ありがとうございます！」

ルーディット様に頼み込んでもう少し見学をさせてもらおうと思っていたけれど、まさかルーディット様自らが申し出てくれるとは……！

「俺がいない間にたるんでないか見てやるか。全員注目！　相手してやるから、一人ずつ順番にかかってこい」

「——！」

まさか、全員を相手にするつもりなのか!?　ルーディット様の宣言に、俺はめちゃくちゃ驚いた。

鍛錬場にいる騎士たちは、軽く二〇人を超えている。一人で全員と模擬戦をするなんて、無理だ。


そう、無理だと思っていたのだが——……。

「なんだお前ら。俺が出てる間に弱くなったんじゃないか？」

「「ルーディット様がまた強くなったんです!!」」

死屍累々——と言っていいのだろうか。騎士たちが一人ずつルーディット様と木剣で手合わせをしていったのだが、ほぼ全員が一撃でやられてしまった。よくて、数撃の打ち合いをしたのち沈められた……というところだろうか。

「はー……。〈竜騎士〉すごすぎじゃないか？」

「……うん。すごく格好良いね」

俺とココアはルーディット様から目が離せなくなっていた。

鍛錬の見学を終えた俺とココアは、騎士団お勧めの宿を取った。オレンジ色の屋根の宿で、シンプルなデザインだけどしっかり作られた家具は、丸テーブルと椅子が一つ、タンスとベッドがある。廊下や部屋に花が飾ってあり、気持ちが落ち着く穏やかな空間だ。

食堂で軽く夕食を食べて、俺とココアは速攻でそれぞれ割り当てられた部屋へ行った。

とりあえず今日はいろいろあって、もうくたくただ……。

「…………」

ベッドに寝転んだ俺は、眠たいはずなのについつい考え事をしてしまう。いや、眠れないという方が正しいだろうか。というのも、どうにもルーディット様の戦う姿が忘れられない。頭から離れないんだ。

「こんなこと、初めてだ」

冒険者になって、緊張することは多かった。新しい仲間に、初めて戦う敵に、行ったことのないフィールドに、いつもワクワクしていた。

……でも、今回はいつも以上に――ドキドキしてる。

考えれば考えるほど、どうすればいいのかわからなくなってくる。そんなとき、ふいに部屋にノックの音が響いた。

「ケント、いる？　ココアだよ」

「――！　ああ！」

ココアもくたくたで、眠たそうにしてたってのに……。そう思いながらドアを開けると、どこか心配そうな表情のココアが立っていた。

「どうしたんだ？」

「ケントの背中を押しに来たんだよ」

「へ？」

いきなり意味不明なことを言われて、俺は瞬(まばた)きを繰り返す。

「あ、もしかしてマッサージ的な？」

「そんなわけないでしょ」

「デスヨネ……」

ココアにバッサリ切られてしまって、地味に凹(へこ)む。

「眠れないの？」

ズバリ言い当てられて、俺はドキリとする。いろいろ考えてしまって眠れない。それを白状するのはなんだか恥ずかしいような気がしたけれど、ココアに隠し通せるわけもないと思い、頷いて返事をした。

「やっぱり」

ココアはクスクス笑って、椅子に座った。俺もベッドに腰かけて、何を話すのだろうとココアを見る。

「ケントは――〈竜騎士〉になりたいんだよね？」

「え？」

思いがけないココアの言葉に、俺の心臓が大きく音を立てた。

「いやいや、俺がなりたい、のは……〈重騎士〉……だぞ……？」

シャロンたちにも、〈盾騎士〉に転職してくると言って別れたんだ。今更やっぱりやめました！　じゃ、格好がつかない。

……でも、ルーディット様を格好良いと思ったのは事実だ。

ドラゴンを見たときは驚いたけど、パートナーとして一緒に空を駆けるのは憧れる。さらに俺との模擬戦のあとは、誰一人としてルーディット様に敵わなかった。俺が目指す〈重騎士〉だって、ルーディット様には勝てなかったんだ。

「…………」

ココアの言葉に、俺はますますどうしたらいいかわからなくなる。頭の中がぐるぐるだ。ちらりとココアに視線を向けると、まっすぐ俺を見て、頷いてくれた。

「……いいと思ってるのか？　やっぱり〈重騎士〉やめて、〈竜騎士〉を目指します！　なんて」

「もちろん。パーティのことを考えてバランスを取るのも大事だけど、自分の気持ちはもっと大切だよ！」

「ココア……」

思わずじんとして、目尻に涙が浮かんじまった。

俺は大きく息を吸って、深呼吸をして――自分の頬を叩いて気合を入れた。

「俺、〈竜騎士〉を目指す！」

「うん！　それでこそケントだよ！　もし誰かが反対したって、私はずっとケントの味方だよ。応援する！」

「……サンキュ」

子供のころからずっと側にいてくれた幼馴染の言葉に背中を押され、俺は〈竜騎士〉を目指す決心をした。

「それじゃあ、私は部屋に戻るね」

「ああ。ココアだって疲れてるのに、俺の相談に乗ってくれてありがとうな」

すぐにでもベッドで寝たかったはずなのに、ココアは俺の心配をして来てくれた。俺にはもったいないほど、頼もしい仲間だ。

「ううん。ケントの気持ちがわかってよかったよ。おやすみなさい」

「ああ、おやすみ」

廊下までは見送って、ココアが隣の部屋へ入るのを見てから部屋へ戻った。そしてそのままベッドに倒れ込んで、俺は泥のように眠った。

翌日。俺とココアは道具屋でアイテムの補充をし、食堂でお弁当をいくつか作ってもらって温かいまま〈鞄（かばん）〉にしまい込んだ。

……俺、もう〈冒険の腕輪〉がないと生きていけそうにない……！　温かい飯!!

それらの用事が済んだら、本題の二次職への転職クエストだ。


俺とココアは大通りを歩きながら、最初にシャロンにもらったアドバイス通り、王城の横にある騎士団の詰め所を目指している。

〈盾騎士〉ではなく〈騎士〉を選んでしまったけれど、同じ場所で転職できるかはわからない。

ひとまず行って確認して、もし駄目ならゲートを使ってシャロンに聞きにいくしかない。

「〈騎士〉の転職も同じところでできるといいね」

「ああ！　騎士団の詰め所か……緊張する」

「昨日なんてお城に行ったのに？」

「それはそれ、これはこれだよ」

正直、王城なんて何度行っても慣れるような場所じゃないと思う。

……でも、シャロンだったら城でも堂々としてそうだな。

「あ、見えたぞ。あそこだ」

「は〜〜、近くで見るとひときわ大きいね」

「すげぇなぁ」

騎士団の詰め所は、花と剣と盾が描かれた旗が掲げてあった。紋章に花があるのは、この国は花がたくさんある花の国だからだ。来るまではあまり想像できなかったけれど、確かにエレンツィに比べて自然に咲いてる花の数や種類、街や軒先に飾られている花が多い。

石造りの頑丈そうな建物で、入り口には見張りの騎士が二人ほど立っている。キッチリ着込まれた騎士服は、俺が着ている装備とは違いすぎて……なんだか少し恥ずかしく思える。

……〈騎士〉になったら、店に装備を見に行こう。


「すみません」

俺はドキドキしながら、門番の騎士に声をかけた。

「〈剣士〉から〈騎士〉になりたくて来ました」

「ああ、転職希望者か。……まだ若いというのに、大したものだな」

「ありがとうございます！」

声をかけた騎士は「こっちだ」と言って案内をしてくれた。スムーズにいったことにホッと胸を撫（な）でおろしながらついていくと、事務仕事をしている騎士の元に案内された。

「〈騎士〉希望者が来たから、任せていいか？」

「お、助かる」

「――――ッ！」

二人が会話をすると、俺の目の前にクエストウィンドウが現れた。思わず声をあげかけたが、すんでのところで口を押さえた俺を誰か褒めてほしい。

――めちゃくちゃ心臓に悪いっ!!

【二次職業(ジョブ)〈騎士〉への転職】
あなたの修練の努力を認めましょう。
モンスター討伐依頼を達成し、あなたの力を示しなさい。
ダンジョン〈昆虫広場〉で〈カブトラー〉を30匹討伐

……って、ダンジョン!?

「実は最近、〈カブトラー〉が増えて困っててね。討伐してくることが、〈騎士〉への転職条件だ」

「――はい!」

俺は力いっぱい頷いてみせるが、心臓はバクバクだ。実を言うと、俺は今まで一度もダンジョンに行ったことがない。実入りはいいのかもしれないが、敵が強く、挑戦して死んだ冒険者の話だって何度も聞いた。

「そんなに緊張しなくても大丈夫だ。奥に行かなきゃ強いモンスターはいないからな」

「は、はい……!」

「行き方は知っているか?」

騎士は笑いながら、「新人もよく行くダンジョンなんだ」と教えてくれた。そう聞いて、ちょっとだけ肩の力を抜くことができた。

「すみません、行ったことがないので……場所を教えてほしいです」

「ああ。〈昆虫広場〉は、街を東門から出て、街道を北に進んでいけばすぐだ。歩いたらそこそこかかるが、馬なら三〇分くらいで着くだろう」

「ありがとうございます！」

もしモンスターのことを知りたければ、すぐ横の資料棚にあるものを読んでいっていいと言ってくれた。何も情報がなかったから、ありがたい。

俺が何度目かの安堵の息をつくと、一歩後ろにいたココアが、「ダンジョンなんて緊張しちゃうね」と声をかけてきた。

「そうだな。……でも、俺たちの実力を試すいい機会だと思う。頑張ろうぜ！」

「うんっ！」

案内してくれた騎士と、クエストをくれた騎士にお礼を言い、モンスターの情報を確認してから騎士団の詰め所を後にした。

馬を借りて街道を駆けて、俺たちはあっという間に〈昆虫広場〉に到着してしまった。

「この先が、ダンジョン……」

ココアがごくりと喉を鳴らしているのを見て、俺も緊張してしまう。無意識のうちに、手のひらが汗をかいている。

〈昆虫広場〉の入り口は、幹の細い複数の木が絡み合ってできた、自然のトンネルだった。ピンク色の可愛らしい花が咲いていて、すぐ横に『ダンジョン〈昆虫広場〉入り口』と書かれた看板がなければダンジョンだとは思わないかもしれない。

「よし、行くか……！」

「うん！」

気合を入れて自然のトンネルを抜けると、そこは今いた街道とは打って変わり、深い深い——森の中だった。地面からは草花が生え、木々が生い茂っている。

「え、なんだこれ……すげぇ！　まるで別世界だ!!」

「これがダンジョン？　本当、違う世界に来ちゃったみたい」

空を見上げると、大きな木の葉が茂っていて、空の青を半分も見ることができない。淡い光の木漏れ日が地面を照らしているが、そこには昆虫型モンスターが歩いている。

「え、でっか！」

「うわっ」

思わずココアと二人で声をあげてしまったが、仕方がないと思う。すぐ近くを歩いている昆虫型モンスター〈カブトラー〉が、あまりに大きかったのだ。普通のカブトムシだったら手のひらより小さいくらいだけど、モンスターは体長一メートル弱くらいある……。

……芋虫じゃなくてよかったと思うしかないか。

俺は気を取り直して、腰の剣に手を添えつつ歩き出す。まずは〈カブトラー〉30匹の討伐が目標だ。

〈カブトラー〉は、カブトムシに似たモンスターだ。違う点は、体の大きさと、角がでかく鋭いということと、二足歩行ということだ。そしてなぜか槍を持っている。

……詰め所で資料を見せてもらったとはいえ、初めてのモンスターだ。油断しないで、慎重にいこう。

前からこちらに歩いてきた〈カブトラー〉を見て、俺はすぐ後ろにいるココアに視線を向ける。

ココアは承知したとばかりに、頷く。これから戦闘開始だ。

「いくぜ、〈挑発〉！」

このスキルは、モンスターの怒りをすべて俺に向けるものだ。モンスターの攻撃対象が俺になるので、後衛のココアが攻撃されることはない。前衛に必須のスキル。

〈カブトラー〉が槍を向けて走ってきたので、それを剣ではじく。思っていたよりも軽い攻撃に、これはいけそうだと自信が湧いてくる。

「〈一撃必殺〉！」

「〈ファイアーボール〉!!」

俺の攻撃に合わせて、ココアが魔法を使い――〈カブトラー〉は光の粒子になって消えた。残ったのは、〈カブトムシの角〉一つだ。

……ドロップアイテムはカブトムシなのか……。

「なんだか、思ってたよりも簡単に倒せちゃったね」

ココアはあっけにとられたような顔をしながら、アイテムを拾う。それをまじまじと見て、「カブトムシなんだ……」と俺と同じ感想を抱いている。

「っていうか、あれだ。シャロンたちと行ってた狩場がハチャメチャだったんだよ」

「それは……あるね」

アハハと笑いながら、ココアはアイテムをしまった。

「あ！　前方に〈カブトラー〉と〈テントラー〉がいるよ」

〈テントラー〉はてんとう虫を大きくしたようなモンスターで、体長は一メートルほど。マジックハットをかぶり杖を持ち、魔法攻撃をしてくる後衛ポジションだ。

「よし、一気に片付けるぞ！」

「うんっ！」

俺は前方のモンスター二匹に向かってダッシュする。そしてモンスターがこちらに気づいたと同時に、スキルを使って一気に攻撃を仕掛ける。

「〈竜巻旋風〉!!」

剣で斬りつけると同時に竜巻が起こり、モンスターが宙を舞う。そこにすかさず、ココアが〈ファイアーアロー〉を食らわせた。そしてそのまま地面に叩きつけられる二匹。

「〈挑発〉！」

「〈ファイアーボール〉！」

モンスターたちがすぐ俺に向かってくるところに、ココアがとどめを刺す。モンスターは光の粒子になって消えていき、アイテムだけが残った。

——っし！　二匹同時でも、全然やれる!!

「この調子なら、30匹の討伐なんてあっという間に終わっちゃいそうだね」

「ああ」


それから二時間、俺たちは狩りに狩り続けて〈カブトラー〉の討伐三〇匹を余裕で終わらせた。

〈騎士〉の転職試験だったのでどうなるかと思ったけれど、意外になんてこともなかったな……。

「まだ時間は早いけど、街に戻るか。ココア、周囲の状況を見てくれ」

「うん！　〈魔力反応感知（マナサーチ）〉」

ココアがすっと意識を集中させたのがわかる。このスキルは、ココアの半径一〇〇メートル以内の生態反応を知ることができる。つまり、モンスターの位置がわかるのだ。

「……？　なんだろう、一つ……ちょっと大きな反応があるよ」

「え？」

思いがけないココアの言葉に、俺は首を傾（かし）げる。今日の狩りの間もこのスキルは何度か使ってもらっていたけれど、そのときは今のような反応はなかったはずだ。

「なんか強いモンスターがいるってことか？」

「たぶん、そうだと思う。どうしよう、行ってみる？」

ココアの言葉に、俺はどうするか悩みつつ……ひとまず様子を見てみたいという気持ちで溢れていた。〈昆虫広場〉の奥深くまでは行っていないとはいえ、モンスターたちをなんなく倒すことができてしまったのだ。もう少し進んでみたい……と思うのも、仕方がないのではなかろうか。

俺はごくりと息を呑んでから、ココアの言葉に頷いた。


襲いかかってくるモンスターたちを倒しながら、ココアが感知した場所へと向かう。時間にして、だいたい一〇分ほどのところだったろうか。

「あれって……巣穴、だよな？」

「資料に載ってた〈森の女王蟻〉がいるんだよ……！」

巣穴の前には数匹の〈軍隊蟻〉がいて、中に女王がいるのは確実そうだ。騎士団の資料には、巣穴の途中まで進んだという記録があった。

……つまり、騎士団は女王を討伐したことはない？

さすがに情報が少なすぎる。しかしどうしようか悩むより前に、蟻が俺たちに気づいて襲いかかってきた。

「さっきまでは私の感知に引っかかってたから、ちょうど巣穴の出入り口付近にいたのかも」

ココアの言葉に頷きながら、俺は〈挑発〉を使う。そのまま〈竜巻旋風〉を使ったら、なんと一撃で倒してしまった。

「――！　マジか」

「すごっ！　ケントの一撃で倒しちゃった」

「数が多い分、一匹の体力はあんまり多くないのかもしれないな」

これならかなりの数を狩って、経験値を得ることができるんじゃないか？　と考える。……って、思考がシャロンみたいになってきてるな。思わず苦笑しつつ、「ちょっとだけ進んでみてもいいか？」とココアに確認する。

「うーん……。そうだね、とりあえず少しだけ中に入って確認してみよう。確か、資料に弱点は火って書いてあったから……上手くいけば一気に倒せるかもしれない」

ココアがこんなことを言うのは初めてだ。どちらかというと、いつも無茶をしようとする俺を止めるのがココアなのに。

……いったいどうするつもりなんだ？

「ケント、私の隣にいてくれる？」

「ん？　それは構わないけど」

「ありがとう」

俺が了承すると、ココアはゆっくりと巣穴に足を踏み入れた。それに慌てて俺もついていく。

蟻たちの巣穴は、俺がまっすぐ立っても余裕なほど高さがあった。ただ、横幅はあまり広くなくて、ココアと並んで歩くのがやっとというところだろうか。

……一気に大群で襲われることがなさそうなのはいいな。

そんなことを考えていると、ココアが「いくよ」と俺に声をかけてきた。

「たぶん突破はされないけど……ケント、何かあったらフォローよろしくね。〈炎の壁〉!!」

ココアが力強い言葉を発すると、目の前に炎の壁が立ち上がった。その高さは二メートルほどで、横幅はこの通路と同じくらいだろうか。上にわずかな隙間はあるが、蟻相手だったらまったく問題はない。

「これなら蟻が通るだけで倒せる……!」

「でしょ？　あ、でも蟻も攻撃だとわかってて突っ込んできてはくれないか……」

失敗しちゃったかもと苦笑するココアに、俺は首を振る。

「こういうときこそ、俺のスキルだろ！　〈挑発〉!!」

俺がスキルを使うと、炎の向こうからカサカサカサカサという地面を歩く音が聞こえてきた。数匹の蟻が俺の方へ向かってきているのだろう。

……足音しか聞こえないのは、若干怖いけど。

そう思いながら剣を構えて様子を見ていると、ボボッと音がした。蟻が炎に突っ込んできて、そのまま死んだみたいだ。わずかに光の粒子が視界に入った。

「ケントのスキル、すごいね……」

「……ああ。俺もなんだか自分が怖いわ」

しばらくすると炎が消えたので、見てみると数匹倒したであろうドロップアイテムが落ちていた。

思っていた以上に拍子抜けだ。

「もしかして、〈森の女王蟻〉もそんな強くないとか？」

「ええ？　でも、騎士団の資料になかったし……。弱くはないと思うけど、でもたとえば……シャロンだったら余裕で倒しちゃうのかも」

「それはある!!」

間違いなくあると、ココアの言葉に力強く頷いてしまった。

「とりあえずもう少し進んでみるか」

「うん」

ということで、俺たちは道順などに気をつけつつ、先へ進んだ。


「〈炎の壁〉！」

「〈挑発〉！」

――めちゃくちゃ蟻が狩れる。俺たちの〈鞄〉の中は、ドロップアイテムで溢れかえっている。

気づけば一時間近く狩りをしている。

が、次の瞬間ぞわりとしたものが背中に走った。

「――っ、女王！」

「っ、うあ……」

俺は咄嗟に背中にココアを庇って、剣を構える。今まで相手にしていた蟻たちとは、桁違いの威圧を感じる。

　そこにいたのは、〈森の女王蟻〉だ。頭にはティアラをのせていて、深紅のマントをつけている。数匹の〈軍隊蟻〉を連れていて、女王の大きさは二メートルちょっとといったところだろうか。巣穴の高さと同じくらいなので、この巣穴が女王サイズで作られたのだということがすぐにわかった。

「〈炎の壁〉〈魔女の気まぐれ〉!!　ケント、この先は広場になってるみたいだから、少し下がろう」

「ああ……！」

　前を向いたまま後ろに下がって距離を取っていくが、それを許す女王ではない。こちらに向かって駆けてきて、そのままココアの〈炎の壁〉に突っ込んできた。

　俺はゆっくり深呼吸をし、自分に大丈夫だと言い聞かせる。〈カブトラー〉や〈軍隊蟻〉はそこまで強くなかったのだから、こいつも倒せないほどの強さではない……はずだ。

　女王が炎を突破すると、ココアの仕掛けた〈魔女の気まぐれ〉を踏んだ。これは、踏んだ相手にランダムでココアが覚えている攻撃スキルが発動するというものだ。女王に、〈ウォーターアロー〉が突き刺さった。

「よしっ、結構効いてるぞ！」

「うん！　いけそうだね！」

　俺たちはがぜんやる気が出てきて、必ずこの細い通路で戦うということを念頭に置く。そして、ココアの〈炎の壁〉を切らさないこと。もし途中で蟻が湧いたとしても、〈炎の壁〉があればすぐに処理ができるし、女王にもダメージを与えられる。

「〈猫だまし〉！　からの〈一撃必殺〉!!」

「私もっ！　〈ファイアーボール〉!!」

俺とココアの攻撃が効いたのを見てから、〈挑発〉で女王の意識をこっちに向ける。女王が一番前の脚を使って攻撃してくるが、それを剣で受け止める。

……よし、受けられる！

それどころか女王の攻撃を剣ではじき返して、一撃入れることができた。その間にも、ココアが後ろで〈ファイアーボール〉を撃ち続けている。回復薬はたんまり持っているから、こっちがスタミナ不足で負けることはないだろう。

……こんな贅沢な戦い方を覚えたら、もうやめられない……。教えてくれたシャロンには感謝しているけれど、戻れない道を進んでしまった感が。

『キャアアアアアアッ』

「――っ！　なんだ!?」

「すごい声！」

突如、女王が甲高い金切り声のようなものを発した。目の色が黒から赤に変わって、先ほどよりもぎらついた表情になった。攻撃速度と重さも増している。

……ちょ、これやばいんじゃないか!?

俺が剣をぐっと握り直すと、ココアが「最後の力を振り絞ってるんだよ！」と声をあげた。

「モンスターの中でも強い個体は、死に際に力を振り絞ることがあるって……シャロンから聞いたことがあるよ」

「そういえば！」

以前、シャロンが食事のときの雑談か何かで教えてくれた。速く重くなった攻撃を耐え続けられるか不安がよぎったけれど、もうすぐ倒せるなら踏ん張れる。

「〈一撃必殺〉！　〈挑発〉！　そんで、〈不動の支配者〉‼」

「〈ファイアーボール〉‼」

女王に攻撃し、俺は新たなスキルを使う。〈不動の支配者〉は、動けなくなる代わりに全ての攻撃を無効化するものすごいスキルだ。使用時間はスキルレベルによって変わり、俺はレベル3なので30秒間は攻撃を無効にできる。

……〈カブトラー〉でレベル上がっててよかったぁ。

「〈ファイアーボール〉〈ファイアーボール〉〈ファイアーボール〉！」

俺が必死に耐えている間に、ココアがどんどん攻撃していく。ときおり〈炎の壁（ウォール）〉を出しながら、女王と蟻を焼いていく。

ただ、魔法を撃つ速度はそんなに速くはない。ダメージは高いけれど、素早く連続で使いづらいのが魔法スキルのやっかいなところだ。

「はっ、はっ、〈ファイアーボール〉‼」

『キャアアッ』

ココアが何度か攻撃を食らわせ、女王もボロボロになってきたタイミングで30秒経（た）ってしまった。

――が、これだけダメージを食らわせていればあともう一押しだ。

「〈一撃必殺〉！」

「〈ファイアーボール〉！」

俺とココアのスキルが女王に直撃した瞬間、『キャアアァァァッ』と断末魔のような声をあげて女王は光の粒子となって消えた。

「……っは、勝った……のか？」

「うん！　勝ったんだよ！」

ココアが「よかったああぁ」と涙声になりながら俺に抱きついてきたところで、やっと肩の力が抜けた。思わずへたりと座り込んでしまったけれど、仕方ないだろう。

「よかった、勝てた」

「私たちだけで、こんなすごいモンスターを倒せるようになったんだねぇ」

「ああ」

なんだか感慨深い気持ちになっていたが、俺はハッとして立ち上がった。ココアが驚いて目を見開いたが、そんなことを気にしている場合じゃない。

「あれだけの強敵だったんだ！　もしかしたら、レアなドロップがあるかもしれない！」

「そうだった！　倒して満足しちゃ駄目だよね！」

慌てて女王が消えた場所に行くと、いくつかのドロップアイテムが残っていた。しかも、そのうちの一つは装備だ。

「うわ……」

「すごい立派な鎧だね」

女王が落とした装備は、上半身と後ろ下半身を覆うタイプのものだった。いくつかベルトがついているデザインで、腰の部分のクロスベルトは剣を留めておくこともできる。しっかりした作りだが重さはそこまでなく、動きやすそうだ。

「ケント、装備しなよ！」

「え？」

ココアの言葉に、ドキリとする。

「いや、でも……これすごくいい鎧っぽいぞ？」

「だってどう見ても前衛の装備だもん。もしかして、こんな高そうなの申し訳ないとか思ってる？」

ちょっと図星だったので、俺は思わず言葉に詰まる。そこら辺にいる、いつも俺たちが倒してるモンスターとは訳が違う。さすがに、俺が装備する！　とは、自分で宣言しづらいというかなんというか。

「売る方がもったいないよ！　だって、二人で初めてゲットしたレアだもん。使わなきゃ！　その代わり、私に合うのが出たときはもらうけどね」

ココアがクスクス笑いながらそう言うので、俺は「もちろんだ」と返す。これは頑張って、ココア用の装備もゲットしなきゃならないな。

「サンキュ！　これでガンガン狩っていこうぜ！」

「うん！」

俺はさっそく鎧を装備してみる。今までつけていた胸当てと違って、なんだか気合が入るというか、気が引き締められる。

「それじゃあ、街に戻るか」

「うん！　――って、蟻だ！　〈炎の壁〉」

「つと、〈挑発〉！」

レア装備で浮かれてしまったが、ここはダンジョンの中だった。帰りも気を抜かないようにしていかないと。そう思っていたら、蟻が何か装備をドロップした。グローブみたいだ。

「また何か落ちたな」

「ケントがつけた鎧に似てるね」

拾ってみると、材質は俺がつけた鎧と同じものだった。防御力も高そうで、指先は出ているけれど肘までガッチリ守ってくれる長めのグローブだ。試しにつけてみると、セット装備だということに気づく。

「〈昆虫の鎧〉と、〈昆虫のグローブ〉に……あとは〈昆虫のブーツ〉っていうのがあるみたいだ」

「三つ揃えると強いってやつかな？　でも、どの敵が落とすんだろう。名前に昆虫ってつくくらいだから、このダンジョンでゲットできそうだよね」

「だなぁ……」

わからず首を捻る。が、答えが出るわけではない。蟻が落とすのか、それともほかのモンスターが落とすのか……まったくわからない。蟻ではなく昆虫シリーズっぽいので、蟻しばりというわけではなさそうだなと思う。

「うーん……。まだ時間あるし、休憩してもう少し狩りしてみるのはどう？」

「いいのか？」

「うん。といっても、あと一～二時間くらいしかないけど」

俺はココアの提案にありがたく頷いて、飯を食べてからブーツのために狩りを続けることにした。


そして一時間半ほどが経ち――

「出た！」

「ブーツだ!!」

俺とココアのテンションは最高潮だった。

しばらく蟻を狩るもグローブがもう一つ出たところでやめ、〈カブトラー〉たちを狩ることにした。

そこから狩って狩って狩りまくり、もう何十、いや、何百狩ったのかというくらい狩りまくった。

その結果、やっとブーツがドロップしたのだ！

「ケント、早く装備してみてよ！」

「おお！」

さっそく〈昆虫のブーツ〉を装備すると、ウィンドウが現れた。それを見ると、セット効果は、物理と魔法防御が＋３％と、昆虫型モンスターの耐性が＋10％だ。……昆虫型モンスターが相手だったら無双できそうだなと思う。

「鎧は物理防御＋3％だし、グローブとブーツも＋1％ずつついてる。これってすごいよな」

「うん、めちゃくちゃすごいと思う！　お店で買ったら、いったいいくらするんだろう」

間違いなく、俺たちが冒険を始めたころは手も届かないような値段だったはずだ。そこら辺の防具屋じゃ、取り扱ってない逸品だ。

「ココアのおかげで俺の装備がすげー充実した！　サンキュ」

「うぅん！　私だって、前衛のケントに頑張ってもらわないとだもん。ほら、早く戻って〈騎士〉になろう？」

「ああ！」

俺が気合の入った返事をしたら、ココアは嬉しそうに微笑(ほほえ)んだ。


ダンジョンから街へ戻ったら、もう夕方を通り越して夜になってしまった。俺たち、朝から晩までずっとダンジョンにいたのか……。

騎士団の詰め所が閉まるといけないので慌てて駆け込むと、ルーディット様がいた。

「お、ケントにココアじゃねぇか」

「「こんばんは、ルーディット様」」

ココアと一緒に挨拶を返すと、ルーディット様がまじまじと俺のことを見てきた。

基本情報

名前 ケント

レベル 49

職業 剣士

近接攻撃のエキスパート
敵の攻撃を一手に引き受け、仲間も守れる頼もしい存在

スキル

⬆ **自己治癒力向上**
自身の自然治癒力が向上する

⬆ **攻撃力増加** レベル4
自身の攻撃力が向上する

⬆ **体力増加** レベル10
自身の体力が向上する

⬆ **防御力増加** レベル10
自身の防御力が向上する

✷ **挑発** レベル5
モンスターのヘイトを自身に向ける

◆ **不動の支配者** レベル3
30秒間、自身に向けられた
すべての攻撃を無効化する

✷ **猫だまし**
相手が一瞬ひるむ

✷ **一撃必殺** レベル10
敵1体に強力な攻撃を与える

✷ **竜巻旋風**（トルネードフラッシュ） レベル5
広範囲に攻撃を与える

装備

頭 -----------

胴体 昆虫の鎧
物理防御3％増加
昆虫型モンスターの耐性7％増加

右手 グラディウス
攻撃力のあるシンプルな剣

左手 昆虫のグローブ
物理防御 1％増加
昆虫型モンスターの耐性 5％増加

アクセサリー 冒険の腕輪
システムメニュー使用可

アクセサリー -----------

靴 昆虫のブーツ
物理防御 1％増加
昆虫型モンスターの耐性 5％増加

昆虫シリーズ（3点）
物理防御 3％増加
魔法防御 3％増加
昆虫型モンスターの耐性 10％増加

「一晩で、随分いい装備になってるな。それ、昆虫シリーズの装備だろ？」

「はい。〈騎士〉の転職試験を受けてたんですけど、そのときに運よくドロップして……」

「〈騎士〉？　ケントは〈盾騎士〉志望じゃなかったか？」

「あ……」

ルーディット様の言葉に、俺は思わず口を噤む。まさか、ルーディット様の〈竜騎士〉姿が格好良かったから、憧れて〈騎士〉になりましたなんて……言ってもいいんだろうか？　いや、恥ずかしすぎるだろ!!

「ケントは〈竜騎士〉になることに決めたんです。ルーディット様が格好良かったから」

「ココア～～!?」

俺がどうしようか悩んでいたら、ココアがさらりと理由を言ってしまった。うわあああ、恥ずかしい!!　この場から逃げたいくらいだ。

するとルーディット様は、ハハッと笑って俺の背中をバシバシ叩いた。

「おいおいケント、わかってるじゃねぇか！　頑張って早く〈竜騎士〉になるんだぞ！」

「……っ、はい！」

なんだかむず痒いような気がしたけれど、嬉しくて顔が緩む。俺は大声で返事をすることしかできなくて、またルーディット様にハハッと笑われる。

「しっかし、試験のときにそれだけ装備が揃ったのはラッキーだったな。きっと、〈騎士〉も〈竜騎士〉も上手くいくぜ」

ルーディット様はそう言って俺を鼓舞すると、背中を押してきた。

「ほら、早く討伐報告に行ってこい。終わったんだろ？」

「はいっ、行ってきます！」

俺はココアと一緒に討伐クエストをくれた騎士のところに向かった。

騎士は書類を手にしながら、視線だけこちらに向けて「もう終わったのか？」と驚いた表情を見せた。

「……確かに終わってるみたいだな。それじゃあ、これが報酬だ。〈騎士〉への転職、おめでとう」

「え？　あ、ありがとうございます！」

まるでフェイントのように、おめでとうと言われた瞬間、俺の体がわずかに光って〈剣士〉から〈騎士〉になっていた。

……こんなに一瞬なのかっ⁉

隣にいたココアも、あまりに一瞬で俺の転職が完了したためぽかんと口を開けてこっちを見ている。その気持ち、とてもわかるぞ……。

とりあえず〈騎士〉になれた俺は、報告のためルーディット様のところへ戻った。

「お、無事〈騎士〉になったみたいだな。おめでとう、ケント」

「ありがとうございます！　俺も、ルーディット様みたいな強い〈竜騎士〉を目指します‼」

「期待してるぞ！」

俺が宣言すると、ルーディット様は少年のような顔で笑った。

「そうだ、祝いにこれをやろう」

「え？」

ルーディット様がお祝いだと言って取り出したのは、〈月のポーション〉だった。それも三個もある。

「こんな高価なもの、いただけません！」

俺は慌てて首を振って、「大丈夫です！」と叫ぶ。

〈月のポーション〉は、怪我と体力を大回復してくれるポーションだ。値段も高く、中級冒険者がお守りに一本持っていればいいだろうというレベルのものなんだけど……それを三本⁉ ちなみに俺たちがいつも使っているのは、月より一つ下の〈星のポーション〉か普通の〈ポーション〉だ。

しかしルーディット様は、「いいって！」と言いながら俺に無理やり〈月のポーション〉を渡してきた。

「ケントの目を見てればわかるさ。もっともっと強くなりたい男の目だ。今すぐじゃなくても、きっとこの先必要になってくる。だから持っておけ。んで、強くなったらまた顔を見せに来い」

「ルーディット様……」

やっぱりルーディット様は格好良い。俺は何度も頷いて、「絶対にまた来ます！」と力強く返事をした。

きっと次にルーディット様に会うのは、〈竜騎士〉になるときだ。

俺とココアは〈転移ゲート〉を使い、一瞬で〈王都ブルーム〉から〈氷の街スノウティア〉へやってきた。普通に移動すると、馬を使って五日ほどかかる距離だ。

……本当にあの長距離を一瞬とか、すごすぎる。

「ひゃー、寒いねケント」

「確かに……。ブルームは暖かかったもんなぁ」

すぐに外套を取り出して羽織り、俺たちはすぐさま移動を開始することにした。

ココアが〈魔法使い〉から〈言霊使い〉になるには、スノウティアから東にある〈雪の森〉を抜けて〈森の村リーフ〉に行く必要がある。ここはエルフの住む村らしいのだが、シャロンから話を聞くまでそんなことは一切知らなかった。

「私たちが住んでる国なのに、まだ知らないことが多いね」

「本当だよな。というか、シャロンがなんでも知ってるんだよなぁ……」

シャロンの知識はいったいどこからきているのだと、いつも思う。戦闘の腕や、〈冒険の腕輪〉もそうだけど……今では、シャロンはそういうものだということで納得するようになってしまった。

街から出て森に入るところに、ワンコ処というものがあった。

「？　なんだ、あれ……？」

そういえば、今まで街の外で雪道を歩くことはあまりなかったなと思う。もしかしたら、雪国特有のものかもしれない。そんなことを考えていたら、ココアが「知ってる」と声をあげた。

「あれは雪の上を走れる動物を貸してくれるところだよ。草原だと馬を借りるでしょ？　でも、雪の上はもっと適した動物がいるんだって」

「なるほど！」

確かに馬で雪道を走るのは大変なので、そういった動物がいることはありがたい。でも、ワンコって……。そう思いつつも、俺とココアはワンコ処へ行った。


ワンコ処の建物内は暖炉があって、とても暖かかった。

……ここから出たくなくなりそうだ。

「「こんにちは」」

「いらっしゃい！　お二人だね。レンタルで？」

「はい！」

俺は頷きつつ、店内を見回す。犬の絵がいくつも飾ってあり、レンタルの説明などが書かれていた。返却方法は馬と同じで、放すとここまで自分で戻ってくれるようだ。もちろん、ここやほかのワンコ処で返却するのも問題はない。

値段は一匹二万リズで、馬よりも高くなっている。

「移動していい場所は、雪が降っている場所だけなんですね」

「そうです。雪の場所を移動するための犬たちなので……。どこへ行く予定なんですか？」

「〈森の村リーフ〉に行く予定なんです」

ココアが確認のため目的地を告げると、店員は「リーフ？」と目をぱちくりさせた。何か変なことを言っただろうか？　そう思っていると、「そんな噂もありましたねぇ」と言葉を続けた。

「〈雪の森〉の先に村がある、という人もいますが……あの森はどこまで進んでも森で、気づくと入ったところまで戻っていることがほとんどですよ。誰かにからかわれたのではないですか？」

それを聞いて、俺はシャロンが〈雪の森〉は別名迷いの森だと言っていたことを思い出した。迷って辿り着けないから、村のことを知っている人が少ないんだ……！

……この情報を教えていいのか、いまいち判断がつかないな。

俺はココアと顔を見合わせながら、笑って「そうなんですか」と返した。

「なら、どこかに着いたらラッキーだと思うことにします」

「その方がいいですよ」

「んじゃ、支払いを」

四万リズの支払いを終えると、「じゃあ、こちらにどうぞ」と店員が外へ出た。するとすぐに、二匹の犬がこっちに走ってきた。ふわっふわの、真っ白な毛並みの二匹だ。

「え、でかっ！」

「わあぁぁ、可愛い！」

出てきたのは、大型とかそういう概念を超えたでっかい犬だった。もふもふしていて、つぶらな瞳が可愛いが、とにかくでかい。

……俺の身長より高いぞ？

「この子たちはサモエドっていう犬種です。兄弟なんですよ。そっくりでしょう？」

「はい！　しかもとっても可愛いです‼」

ココア、目がハートマークになってるぞ？

「この子たちに乗って進めばいい、ってことですよね」

「そうです。きちんと調教しているので、ちゃんと言うことを聞いてくれますよ」

「はい」

一通り乗り方などを教えてもらい、俺とココアはみぞれとあられという名前のサモエドに乗って出発した。


〈雪の森〉は、常に雪が降っている森らしい。

「うあー、顔が冷てぇ‼」

思わずそう叫んでしまったのも仕方がないだろう。俺の少し後ろをあられに乗って走っているココアも、「同感！」と叫んでいる。

しかしそんなことを言っていられたのも束の間で、前方に〈雪狼（ゆきおおかみ）〉が現れた。

「ココア、〈雪狼〉二匹だ！」

「――――！」

俺の言葉にココアが気を引き締めた……のだが、みぞれはぐっと大きく地面を踏み込み、走るスピードを上げ、あっという間に狼を撒いてしまった。

……は？

思わず目が点になってしまったのも仕方ないだろう。後ろでは、ココアが「すごいねぇ」と感心しているが、同意しかない。

「時間がないから、戦闘が避けれるならそれに越したことはないもんな。急いで先に向かおうぜ！」

「うん！」

俺たちはその速さに快感を覚えながら、シャロンが描いてくれた地図通りに雪の降る森を突っ切っていった。


数時間ほど走り続けると、森を抜けた。

「お……村がある」

「あれが〈森の村リーフ〉かな？」

森の奥に行ったらさすがに戦闘は避けられなかったけれど、俺が〈騎士〉になっていて装備も一新されたため、思ったより苦労せずにモンスターを倒すことができた。

……シャロンが言ってた通り、先に俺が二次職になって正解だったな。

「やった！　これで私も二次職になれるね」

「さっそく行こうぜ！」

「うん」

村の入り口でみぞれとあられとお別れをして、村に入った。


〈森の村リーフ〉は、エルフが暮らす小さな村だ。

村は多種多様な草花があり、大木の中を空洞にくりぬき、それを家にしていた。蔦（つた）が絡まり花が咲く家々は、ここに来なければ見ることはできなかっただろう。ただ、大木をくりぬかず木材で作った普通の家もあった。

歩いている住人は全員エルフで、耳が長い。魔法が得意な種族ということは聞いたことがあったけど、確かに杖を持っている人が多いみたいだ。


俺はキョロキョロしながら、ここだったらココアの装備もいいものを揃えられるんじゃないか？と思った。シャロンたちと狩りをしていたこともあり、俺たちの懐はまあまあ潤っている。

「……なんだか落ち着かないね」

「……確かに」

村の珍しさばかりに意識がいってしまったけれど、エルフたちが珍しそうにこちらをチラチラ見てくる。出ていけと言われないだけ、ましだと思うしかないか？

「えーっと、とりあえず転職しよう。シャロンから場所は教えてもらったんだろ？」

「うん。森の地図を描いてもらったとき、一緒に教えてもらったよ。村の一番奥にある、村長さんの家だって」

ココアの言葉に頷いて、俺たちはドキドキしつつ村の奥へ向かおうとして――止められた。村の入り口横に立つ見張り塔から下りてきた人みたいだ。

「お前たち、旅人か？　村に入る者の身分確認をしている」

「冒険者のケントです」

「同じく、ココアです」

身分証明の冒険者カードを見せると、見張りのエルフは「許可する」と頷いた。

「何か困ったことがあれば、いつでも見張り塔に来てくれ」

「ありがとうございます」

お礼を言って見張りのエルフを見送り、今度こそ俺たちは村の中を進もうとして――ハッとする。

「ココア、あれって〈転移ゲート〉じゃないか!?」

「本当だ!!　急いで登録しよう!!」

村に入ってすぐのところに、木でできた高さ三メートルほどのゲートがあった。地面から生えた蔦が柱に絡まっていて、なかなか年季が入っている。

「すぐ見つかってよかった」

ゲートの柱の部分には、この世界を創ったとされている神の彫刻が施されている。その神が持つ魔石に触れたら、登録完了だ。いつでもツィレやスノウティアに移動することが可能になる。

……よし、これでいつでもシャロンたちと合流できそうだ。


次にやってきたのは、村の一番奥にある村長の家だ。

ひときわ大きな大木が家になっていて、思わず息を呑む。こんな大きな木、本当に存在するのか？　と思ってしまったほどだ。

「私が声をかけてみるね」

「ああ」

今回はココアの転職だから、俺は見守っているつもりだ。もちろん、手助けできるようなクエストだったら全面的に協力する。

「こんにちはー！」

ココアがドアをノックし声をかけると、「……どちら様ですか？」とドアが開いて、中から超絶イケメンエルフが出てきた。

え、すご……美形……。リロイやルーディット様といい、最近会う人みんな美形だな……。別に自分の容姿が嫌いなわけじゃないから、いいんだけど……。

俺がそんなことを考えているなんて露ほどにも思っていないだろうココアは、さっそく用件を伝えている。

「初めまして。〈言霊使い〉になりたくて参りましたココアです。こっちはパーティメンバーのケント。……村長さんはご在宅でしょうか？」

紹介されたので、軽く会釈をしておく。

「そうでしたか。私が村長のフィルです。中へどうぞ」

「――！　すみません、お若かったのでてっきり……」

ココアが申し訳なさそうに謝罪を口にすると、フィルさんは「構いませんよ」と気にしていない風に告げる。

「エルフは人間と違って、年齢と外見が違いますからね。私も、とうに二〇〇歳を超えておりますから」

「そうだったんですね……」

フィルさんの発言に、エルフについて知っていた俺も驚く。やっぱり聞いていたのと実際に見るのとでは全然違う。

家の中は綺麗に整えられていた。

木製の家具や小物が多く、床には色鮮やかなラグが敷かれていて温かみのある落ち着いた雰囲気だ。

「では、ココアには試練を与えましょう」

「――!!」

家に入ってすぐ、フィルさんがそう告げ――ココアが驚いて目を見開いた。空中の一点を見ているから、クエストウィンドウが現れたんだろう。

「〈雪の森〉にすむ、〈雪エナガ〉の討伐……。これが転職のクエストなんですね」

「そうです。かなり強い相手ですが……お二人でしたら、きっと大丈夫でしょう」

どうやら俺もクエストに協力して問題ないみたいだ。

「俺も協力していいなら、すぐにでも行ってきます！」

「頑張ってきます！」

「はい。ちなみに、〈雪エナガ〉に気に入られると、いいものをもらえますよ」

フィルさんの言葉に、俺とココアは首を傾げる。いいものとは、いったいなんなのか。どうやって気に入られたらいいのかもわからない。

「ええと、何かをした方がいいんですか？」

「いえ、これしかヒントは出せないんです。お帰りをお待ちしていますね」

どうやら詳しくは教えてもらえないらしい。俺たちは見送られて、フィルさんの家を後にした。


村の中を歩きながら、俺とココアはフィルさんが言っていた〈雪エナガ〉に気に入られる方法について話し合う。

「名前からすると、たぶん鳥……だよな？　木の実みたいな、餌をあげるのはどうだ？」

「あの森だと、木の実なんてなさそうだもんね」

俺の提案にココアが頷き、「あそこは？」と少し先にある大木を指さした。見ると、食料品屋の看板と、装備屋の看板を掲げた大木が隣同士に立っている。

「鳥が気に入ってくれるものが売ってるかもしれないな。寄っていくか」

「うん」

それだけではなく、珍しいアイテムも売っているかもしれない。俺はワクワクしながら店へ向かった。


カランとドアベルを鳴らして、まずやってきたのは食料品屋だ。

円形の店内は、壁に沿う形で棚が備え付けられていて、そこに常温で問題ない商品が並べられている。干し肉や塩などの調味料から、雪国で採れる野菜や果物なんかがあった。

……美味そうだ。

「いらっしゃい。……おや、旅人さんか」

「こんにちは。木の実とか、鳥が好きそうなものがあったら嬉しいんですけど、ありますか？」

「木の実か……。うちにある果物類は、この辺だね」

店員が指さしたのは、林檎などの果物類だった。鳥が食べるような小さな木の実は置いてなかったので、仕方なく林檎を一つと、食料を少し購入する。

うーん……。林檎は美味いけど、鳥が気に入ってくれるのかはわからないな。

「この村は、ここと隣以外に店はあるんですか？」

「いや、うちと隣の二軒だけだよ」

「ありがとうございます」

ほかの店も見られるかと思ったけれど、残念ながらないらしい。これは林檎でチャレンジしつつ、駄目だったら違うものを探すしかないだろう。


次にやってきた店は、装備を取り扱う店だ。

間取りは先ほどの店と同じだけれど、剣に杖、防具などが並んでいる店内は圧巻だった。申し訳ないけど、俺はこっちの方がワクワクしてしまう。ココアも飾ってある杖やローブを見て、目を輝かせている。

店内を見ていると、「いらっしゃせ〜」と奥から目を擦りながら眠そうな店員が出てきた。その手には、商品と思しき外套を持っている。

「あや、人間のお客さんなんて珍しいねぇ」

「こんにちは。これから、〈言霊使い〉の試験なんです」

ココアがリーフに来た理由を説明すると、店員は「そんなものもあったねぇ」と欠伸をした。店員が持っていた外套を壁にかけると、ココアはじっと見つめている。

「可愛い外套ですね」

「えっへ、ありがとぉ〜！　防御力増加がついてる、私の力作なんだぁ」

「お姉さんの手づくりなんですか？　すごいです！」

防御力があるだけじゃなくて、効果がついてる装備を作れるというのはすごい。眠いだけの店員ではなかったんだな……。

ココアは店員が作った外套が気に入ったのか、店内にある服をいろいろ見ている。すると、カウンターの奥の壁に飾ってあったローブを見て視線を止めた。それは、アイボリーを基調とし、深い赤色のスカートなどがセットになった装備だった。

……すごく気に入ったみたいだな。

俺とココアは生まれたときから一緒に育ってきたので、これくらいのことは言葉がなくともわかる。俺の装備も一新できたし、ココアが気に入ったのならこの装備を購入するのもいいだろう。装備の性能もいい。そう思ったが、なぜか値札がない。ほかの装備は、すぐ横に値札があるのに。

「なあ、そのローブはどんな効果でいくらなんだ？」

「あや、気に入ってくれたの？　でもごめんね、これは売るつもりはないんだ。飾ってあるだけで」

「売り物じゃないのか……」

ココアに似合うと思ったので、残念だ。

「すごく素敵だと思ったのに、売り物じゃないんですね……」

しかし俺以上にココアがしょんぼりしてしまっている。その様子を見て、店員が眉を下げつつ苦笑した。

「……実はこのローブは、大昔にとある杖を見てインスピレーションを受けて作ったんだよね～。だから、このローブはその杖を持ってる人にしか譲らないって決めたんだぁ」

「そうだったんですか……。なら、仕方ないですね」

俺たちはその杖を持っていないので、ココアはあきらめたようだ。

「なら、ほかのローブを見るか？」

「ううん、今はいいよ」

ココアは軽く首を振って、「そろそろ行こうか」と言ってきた。装備については、ひとまず転職クエストを受けてからでも問題はないだろう。

俺は頷いて、店員に軽くお礼を言ってから店を出た。


気を取り直して、俺たちは〈雪の森〉にやってきた。

「……でも、〈雪エナガ〉なんてどこにいるんだろうな？　行きはまったく見かけなかったし」

これは探すのに苦労するかもしれないと思っていると、ココアが「わあっ！」と声をあげた。

「森に入ったら、地図が出たよ！」

「え、まじか」

「うん。印がついてるから、ここに〈雪エナガ〉がいるのかもしれない。こっち！」

どうやらクエストウィンドウに地図が表示されていて、自分の現在地がわかるようになっているらしい。すごいな……。俺はココアに案内されるかたちで、雪が降る森の中を歩き始めた。

「〈雪狼〉が二匹だ！　――〈挑発〉、からの〈輝きの追撃（チェイスラッシュ）〉!!」

俺が〈騎士〉になった初めて習得した技が、狼の一匹に直撃する。これは小爆発のような光が出て、相手に二撃与えるというスキルだ。しかも、二撃目の攻撃力は一・五倍になる。

「〈ファイアーアロー〉！」

俺は新スキルの一撃で狼を倒すことができたが、ココアの魔法一発では倒すことができなかった。

俺は〈一撃必殺〉で狼にとどめを刺した。

ドロップアイテムを鞄にしまい、俺は自分が強くなっていると改めて実感する。これでもっとレベルが上がったら、どうなっちまうのか。

……すっげぇ、楽しみだ！

「……ケント、ありがとう」

「おうよ！　〈騎士〉になったし、狼くらいなら朝飯前だ！」

俺はぐっと腕に力を込めて、「どんどん行こうぜ！」とココアに案内を頼んだ。

その後も〈雪狼〉をはじめ、〈アイスボール〉や〈ドングリス〉などが出てきたが、協力して倒すことができた。強さはそれほどでもないみたいだけど、地味に数が多いから、転職や装備の一新で俺の防御力が上がっていてよかったと思った。


それから三〇分ほど歩いたところで、目的地に到着した。

「ここに〈雪エナガ〉がい――」

「ケント、しぃー！」

俺が周囲を見回そうとしたら、ココアの手が慌てて口を塞いできた。大きい声を出して〈雪エナガ〉に逃げられたら大変なので、ジェスチャーでわかったと伝えて手を離してもらう。

「ごめんごめん」

小声で謝罪すると、ココアは小さく頷いて、視線を動かした。それを追うと、見た先で何やら動いた気配がした。

…………ん？

そいつはでかくて、白くて、なんというか……可愛かった。今日は白くてでっかいものに縁がある日だなと思う。

「と、鳥……かな？」

「……っぽいな」

ココアの問いかけに、俺は頷いた。色が真っ白なので、雪が積もっている森のためわかりづらくて、気づくのが遅れてしまった。

外見はまるっとしていて、もふもふで、触ったら手が埋もれてしまいそうだった。全体的に白いけれど、よく見ると背中の部分は黒い羽もある。大きさは二メートルほどだろうか？　まるでそう、シマエナガを巨大にしたような――そうか、あいつが〈雪エナガ〉なのか。

「あいつを倒すのが試験なんだよな？」

「うん。……討伐対象があんなに可愛いとは思わなかったよ」

ココアが眉間に皺を寄せながら言うので、俺はとりあえずフィルさんが言っていた気に入られる方法を試してみた方がいいんじゃないか？　と、ココアに提案する。

「林檎を切ってって思ってたけど、あの大きさなら丸ごとで問題なさそうだな」

「確かに。見た目は可愛いけど、大きいから林檎も一口で食べちゃいそうだね」

鞄から林檎を取り出すと、ココアはゆっくり歩き出した。

「〈雪エナガ〉ちゃん、林檎はいかがですか……？」

驚かせないよう、足音にも気をつけながら進む。俺は周囲を警戒しつつ、ココアを見守る態勢だが、何かあればすぐに〈雪エナガ〉に〈挑発〉を使うつもりだ。

すると、〈雪エナガ〉がココアに気づいた。

『チーチー』

〈雪エナガ〉の声は、高く、澄んだ空気によく響くものだった。こんなに美しい鳥の鳴き声は、初めて聞いたぞ。思わず意識を奪われそうになる。

……林檎は食べてくれるのか？

ココアに懐(なつ)いてくれと祈りながら見ていると、〈雪エナガ〉は一瞬林檎を見てからそっぽを向いた。まじか。どうやら林檎はお気に召さなかったみたいだ。

「駄目みたい」

「だな……」

俺はココアの隣に行って、まじまじと〈雪エナガ〉を見る。もう一メートルほどの距離なのだが、〈雪エナガ〉は攻撃してくる気配がない。

「俺たちが攻撃しない限り、襲ってこないみたいだな」

『ジュリリリ、ピー』

「不思議な鳴き声だな……」

歌うような声だったのに、突然ジュリリと一風変わった鳴き声になった。その後も、『ピルルル』など好きに鳴いている。

「はは、一人大合唱だな」

「雪降る森で歌ってくれるなんて、すごく可愛いね。私も一緒に歌いたくなっちゃう」

ココアはそう言うと、〈雪エナガ〉の隣に立って歌い始めた。俺たちが子守歌としてよく聞いていた、この国に古くからある歌だ。


「静かな夜には　優しい月が女神様のように　私たちを見守っている――♪」


しんしんと降る雪の中で聴くココアの歌声は、とても綺麗だった。普段、お節介を焼くときの声とはまったく違う。

……ずっと聞いていたいな。

思わずそんなことを思ってしまい、俺はブンブン首を振る。なんてことを考えてしまったんだと、若干耳が赤くなってる気がするが、気のせいだ。

すると、俺の耳に『ピールルル』と美しい声が届く。それはココアの歌声と重なった〈雪エナガ〉

の歌声だ。

「〈雪エナガ〉がココアに寄り添うように歌ってる……？」

その光景は、まるで雪の妖精のようだ。

俺は周囲の警戒も忘れて、ココアと〈雪エナガ〉の歌に聞き入ってしまった。


「ご清聴ありがとうございました」

ココアがぺこりと頭を下げたのを見て、俺は拍手を送る。

「その子守歌、すっげぇ久しぶりに聞いた。ココア、歌が上手かったんだなぁ」

「そう？　ありがと――え!?」

ココアがはにかみながら礼を言おうとした瞬間、すぐ隣にいた〈雪エナガ〉が輝き出した。まばゆい光は、俺がさっき使った〈輝きの追撃(チェイスラッシュ)〉の比ではない。

「〈挑発〉！　どういうことだ!?」

訳がわからないが、俺は剣を構えつつココアを背に庇う。するとココアもハッとして、杖を握りしめていつでも攻撃可能な態勢を取る。

しかし、俺たちが懸念したようなことにはならなかった。光が収束すると、〈雪エナガ〉は姿を消し、代わりに一本の杖があった。

そして同時に、ココアの体がわずかに光り輝いた。

「え……？」

「それ、俺が転職したときの光と同じだ！」

ココアは何度も目を瞬かせつつ、宙をじっと見ている。おそらくクエストウィンドウか何かが出ているのだろう。俺はココアが確認を終えるのをじっと待つ。

「………〈言霊使い〉になれたみたい！　討伐だから倒さなきゃいけないと思ってたけど、それだけじゃなかったんだね」

ふーっと息をついたココアは、〈雪エナガ〉がいたところに現れた杖を手に取った。ぎゅっと大切そうに持つ姿を見て、無意識に俺の頬が緩む。

「おめでとう、ココア！　その杖って、フィルさんが言ってたいいものなんじゃないか？」

「え？　そうなの……？　歌ったことで、気に入ってもらえたっていうこと……？」

その場のノリで歌ってしまっただけで、ココアは何も考えていなかったが……結果オーライだ。

俺が「やったな！」と言うと、ココアははにかみつつも大きく頷いた。

「んじゃ、モンスターが出る前に村に戻るか。一応フィルさんにお礼を言って、もう一回装備を見てからツィレに戻ろうぜ」

「うん」

無事にクエストが終わったので、俺たちはリーフ村に戻った。


「そそそそそっ、その杖えええぇぇぇっ!!」

フィルさんの家に向かう途中、さっきの装備屋の前を通ったら店員がいて、ものすっごい声をあげられてしまった。道行くエルフ全員がこっちを見ている。

「「え……」」

思わず俺とココアはフリーズしてしまったけれど、店員が、「つつつ、杖、杖〜！」と言っていることはなんとか理解できた。

……ん？　杖？

「もしかして、インスピレーションを感じたとかいう杖……か？」

俺がおそるおそる聞いてみると、店員は満面の笑みで頷き、「すぐに来て！」とココアを店の中へ連行していった。俺が慌てて追うも、すでにその姿はなかった。

「え……？」

「えっへ、彼女は試着中だから、ちょっと待って〜」

叫んでいたときと打って変わり、店員はにっこにこだ。どうやらココアは着替えをしているらしいので、待つこと数分……ココアが出てきた。

「えっと、どうかな？」

「――――！　あ、ああ。似合ってる」

思わずドキリとしてしまったのは、内緒だ。

ココアが手に持っているのは、〈雪エナガ〉がもたらしてくれた〈森の精霊の長杖(ちょうじょう)〉。持ち手の部分はこげ茶色で、赤の宝石と、杖の先には大きな白いクリスタルに、輪と鳥の羽根をモチーフにした飾りがついている。

アイボリーを基調にしたローブは、同じ色のブーツと帽子がセットになっている。帽子はつばに大きなリボンと装飾がついており、ひも状の長い飾りが下がっていて、星の装飾がついている。裏地は深い赤色だ。

ローブは両サイドの腰の位置にリボンがついていて、後ろの部分の裾が長い。腕まわりも布をたっぷり使っていて緩やかで、深い赤が差し色として使われている。上は白のブラウス。深い赤のスカートには裾の部分に黒のラインが入っている。

揃いのデザインのブーツに、右足は膝下(ひざした)のソックスで、左足はハイソックスの組み合わせになっているようだ。


ココアは鏡の前でくるりと回って、全身を確認している。目がキラキラしているので、気になっていたローブを着られて嬉しいのだろう。

「……でも、これって私が着ていいんですか？」

「だって、その杖を持ってるから。私がインスピレーションを感じた杖なんだよ。よく手に入ったよねぇ……」

店員はココアが手に持っている杖をまじまじと見ながら、うるうると感動の涙を流し始めた。よっぽど恋焦がれている杖だったみたいだ……。

「着心地の悪いところはありませんか？」

「全然！　ピッタリで、すごく着心地がいいです」

どうやら自動でサイズを調整してくれる装備だったらしく、ココアにピッタリのようだ。それを聞くと、店員は嬉しそうに頷いた。

「なら、もらってください。もう二度と見られないと思っていたその杖を見せていただいたお礼です」

「え……」

店員の言葉に、さすがの俺も目を見開く。

「いや、さすがにそれは……。俺たちだって、多少の蓄えはある」

「うん。料金はお支払いさせていただきます！」

ココアがそう告げるも、店員は首を振った。

「元々これは売り物ではなくて、贈り物として作ったんです。だから、金銭で価値をつけることはしたくないのよ」

「……わかりました。ありがたくちょうだいします。でもその代わり、何かあったときは助けに来るので、呼んでください」

「！　ありがとう。それだったら、嬉しいな」

どうやら二人の間で納得することができたようで、ココアと店員は嬉しそうに笑いあった。

ココアのローブをゲットした俺たちは、急いでフィルさんの家へ向かった。買い物もしたので、予定より遅くなっちまった。

「おや、おかえりなさい。もう討伐を――……もしや、〈雪エナガ〉に気に入られたのですか？」

「ただいま戻りました。実は気に入ってもらえたみたいで、杖をいただきました」

出迎えてくれたフィルさんに、ココアは森であったことを嬉しそうに報告した。無事に〈言霊使い〉にもなれたので、クエストを与えてくれたお礼も忘れない。

フィルさんは「すごいですねぇ」と言いながら、本棚から二冊の本を取り出してきた。

「ささやかですが、私からのお祝いの品です。左手に装備できる本なんですが、長杖があるので盾の本がいいですかね？」

「「盾の本？」」

俺とココアの声が重なった。

盾や俺のグローブみたいに左に装備できるものがいくつかあるのは知っているけれど、盾の本というのは初めて聞いた。

「ああ、知りませんか？　分厚く、硬い紙を使っている、防御力の高い本です」

「そんな本があるんですか……ほかにも、そういう装備の本があるんですか？」

俺は気になったので、フィルさんにどんな本があるのか聞いてみた。すると、「いろいろありますが……」と言いながら教えてくれた。

「一般的なのは、杖の代わりに持つ魔法書でしょうか。魔法スキル関連の値が上がることが多いです。次は、今説明したような防御力の高い本や、回復スキルの効果が上がる本などが一般的でしょうか」

フィルさんの説明に、そんな本があるのかと頷いた。確かに、ココアはさっき長杖を手に入れたから、持つなら盾の本がいいだろう。そうすれば、俺も多少は安心できるし。そう思っていたのだが、ココアは盾の本を選ばなかった。

「魔法スキルの値が上がる本がほしいです」

「え？　構いませんが……その杖はいいものですし、本に替える必要性は感じませんけど」

「俺もフィルさんに賛成だ。ローブだって気に入ってたし、さすがに杖を――」

「違うの！」

俺が言葉を続けるよりも前に、ココアに遮られてしまう。

「私はシャロンのパーティメンバーの一員だよ。盾を持って防御をちょっと高めたくらいじゃ、シャロンについていけないよ。私は右手に杖を持って、左手に本を持って、火力アップしたいと思うの」

「――！」

ココアがしてきた提案は、俺がまったく考えていないものだった。俺だけじゃなく、フィルさんも目を見開いて驚いている。そしてしばし考えたあと、頷いた。

「あなたがそうしたいのであれば、構いませんよ」

「本当ですか!?　ありがとうございます!!」

フィルさんは違う本を持ってきて、ココアに渡してくれた。とても嬉しそうに本を抱きしめて、

「早く実戦で試してみたいです」と言っている。

ココアがシャロンに憧れてそう言うのはいいし、俺も強くなってシャロンに置いていかれないように思っている。

……でも、ココアはなんだか性格までシャロンに似てきてないか？

俺はそんな風に思ってしまった。

「よっし、あとはシャロンたちと合流するだけだな」

「うん」

俺は〈騎士〉に、ココアは〈言霊使い〉に転職できたので、ゲートを使ってツィレへ戻ってきた。

ただ、シャロンたちがいる正確な場所がわからないので、一度ギルドで確認する必要がある。シャロンたちが伝言を頼んでいるはずだからだ。

ギルドへ向かいながら、街の様子に目を凝らす。

「……やっぱり、最近のツィレはギスギスしてんな」

「そうだね……。私はやっぱり、前のツィレの方が好きだから、どうにかしたいと思ってるよ」

「それは同感だ」

ココアの言葉に頷き、くティティア様に教皇の地位に戻ってもらわなければ大変なことになりそ

基本情報

名前 ココア

レベル 49

職業 言霊使い
言葉使いのエキスパート
言葉にマナを乗せ、様々な攻撃や支援を行う

称号

〈雪エナガ〉の加護
マナの回復速度上昇

スキル

自己マナ回復力向上
自然マナ治癒力が向上する

魔法攻撃力向上 レベル10
自身の魔法攻撃力が向上する

ファイアーアロー レベル5
炎の矢を作り攻撃する

ファイアーボール レベル10
炎の弾を作り攻撃する

炎の壁（ウォール） レベル5
炎の壁を作る

ウォーターアロー レベル5
水の矢を作り攻撃する

ウォーターボール レベル5
水の弾を作り攻撃する

魔女の気まぐれ（トラップ） レベル3
踏むと自身が習得している攻撃スキルが
ランダムで発動する罠

魔力反応感知（マナサーチ） レベル5
半径100メートルまでの
生体反応を把握できる

装備

頭 神秘的な雪森の帽子
魔法攻撃力 3%増加　防御力 1%増加

胴体 神秘的な雪森のローブ
防御力 3%増加　体力回復速度上昇

右手 森の精霊の長杖
魔法攻撃力 5%増加

左手 エルフの指南書
魔法攻撃力 2%増加

アクセサリー 冒険の腕輪
システムメニュー使用可

アクセサリー 咆哮のブローチ
火系統の攻撃力 3%増加

靴 神秘的な雪森のブーツ
防御力 1%増加　どんな道でも楽に歩ける

うだと思った。

〈冒険者ギルド〉に行って伝言を確認したら、急展開が起こっていた。

「え、シャロンたち〈常世(とこよ)の修道院〉に向かっちゃったの!?」

「そうみたいだ……」

ひえぇ、どうしたもんか。

「俺たち二人で追いつけるかな？　たぶん、〈昆虫広場〉ダンジョンよりずっとモンスターが強い気がする」

俺がそう言うと、ココアが無言で頷いた。やはり考えていることは同じだったみたいだ。

「とりあえず、行けるとこまで行ってみよう」

「そうだな」

俺はココアの提案に同意する。修道院に行くには、俺たちの実家がある〈牧場の村〉までゲートで飛んで、そのあと徒歩で移動するのがいいだろう。

ツィレに来て早々だけれど、俺たちは村へゲートを使って移動し——その先でまさか、ルーディット様に再会するとは思ってもみなかったんだ。

回復職の悪役令嬢

エピソード3　ユニーク職業〈聖女〉クエスト・上

回復職の悪役令嬢 エピソード3 ユニーク職業〈聖女〉クエスト・上

2023年7月25日　初版第一刷発行

著者　ぷにちゃん
発行者　山下直久
発行　株式会社KADOKAWA
〒102-8177　東京都千代田区富士見2-13-3
0570-002-301（ナビダイヤル）
印刷・製本　株式会社広済堂ネクスト
ISBN 978-4-04-682655-8 C0093

企画　株式会社フロンティアワークス
担当編集　福島瑠衣子（株式会社フロンティアワークス）
ブックデザイン　鈴木 勉（BELL'S GRAPHICS）
デザインフォーマット　ragtime
イラスト　緋原ヨウ

本シリーズは「小説家になろう」（https://syosetu.com/）初出の作品を加筆の上書籍化したものです。

この作品はフィクションです。実在の人物・団体・事件・地名・名称等とは一切関係ありません。

okane ha
saitsuyomahou desu!
SAITSUYO!
お金は最強《さいつよ》魔法です！
追放されても働きたくないから
数字のカラクリで遊んで暮らす
Rootport
イラスト：くろでこ
それでも俺は、
働かずに生きる
ことを諦めない！……で、どうしよう？

MFブックス
MFブックス新シリーズ発売中!!

MFブックス既刊

ほのぼの異世界転生デイズ ～レベルカンスト、アイテム持ち越し！ 私は最強幼女です～ ①～③
著：しっぽタヌキ／イラスト：わたあめ
転生した最強幼女に、すべておまかせあれ！

アルマーク ①～②
著：やまだのぼる／イラスト：出水ぽすか

アルマーク ③
著：やまだのぼる／イラスト：柚ノ木ヒヨト／キャラクター原案：出水ぽすか
北の傭兵の息子は、南の魔法学院を変えていく――。

回復職の悪役令嬢 エピソード ①～③
著：ぷにちゃん／イラスト：緋原ヨウ
シナリオから解放された元悪役令嬢の自由な冒険者ライフスタート！

永年雇用は可能でしょうか ～無愛想無口な魔法使いと始める再就職ライフ～ ①～③
著：yokuu／イラスト：烏羽 雨
新しい雇い主は（推定）300歳の偏屈オジサマ魔法使い!?

職業は鑑定士ですが【神眼】ってなんですか？ ～世界最高の初級職で自由にいきたい～ ①～③
著：渡 琉兎／イラスト：ゆのひと
あらゆる情報や確率をその手の中に。特級の【神眼】で自由を切り拓け！

ダンジョンに潜むヤンデレな彼女に俺は何度も殺される ①～②
著：北川ニキタ／イラスト：ともー
時に殺され、時にデレデレ。たとえ死んでもキミのため何度だってやり直す！

武器に契約破棄されたら健康になったので、幸福を目指して生きることにした ①～②
著：嵐山紙切／イラスト：kodamazon
超病弱から一転、健康に！ 膨大な魔力を使って自由に生きる！

ご縁がなかったということで！ ～選ばれない私は異世界を旅する～ ①
著：高杉なつる／イラスト：喜ノ崎ユオ
運命に抗うように、無縁と別れを告げ、私は望んだ未来を生きてゆく！

お金は最強《さいつよ》魔法です！ 追放されても働きたくないから数字のカラクリで遊んで暮らす ①
著：Rootport／イラスト：くろでこ
それでも俺は、働かずに生きることを諦めない！ ……で、どうしよう？

追放された名家の長男 ～馬鹿にされたハズレスキルで最強へと昇り詰める～ ①
著：岡本剛也／イラスト：すみ兵
【剣】の名家に生まれた長男は、【毒】で世界を制す!?

蔑まれた令嬢は、第二の人生で憧れの錬金術師の道を選ぶ ～夢を叶えた見習い錬金術師の第一歩～ ①
著：あろえ／イラスト：ボダックス
天職にめぐりあった令嬢の「大逆転幸せライフ」スタート！

隠れ転生勇者 ～チートスキルと勇者ジョブを隠して第二の人生を楽しんでやる！～ ①
著：なんじゃもんじゃ／イラスト：ゆーにっと
ある時は村人、探索者、暗殺者……その正体は転生勇者!?